로또부터 장군까지 14

2024년 6월 20일 초판 1쇄 인쇄
2024년 6월 25일 초판 1쇄 발행

지은이 게르만
발행인 김관영

기획 박경무 강민구 임동관 조익현 최시준 신정윤
책임편집 오영란
마케팅지원 유형일 장민정

발행처 (주)로크미디어
출판등록 2003년 3월 24일
주소 서울시 마포구 마포대로 45 일진빌딩 6층
Tel (02)3273-5135 Fax (02)3273-5134
홈페이지 rokmedia.com E-mail rokmedia@empas.com

© 게르만, 2023

값 9,000원

ISBN 979-11-408-2220-1 (14권)
ISBN 979-11-408-1132-8 04810 (세트)

CONTENTS

Chapter 1

찰나였지만 분명히 보았다.

뭐지?

기분 탓인가?

아니 그런 것치곤 좀······.

물론 기우일 수도 있다.

그러니 일단은 최동진의 말을 들어 보기로 했다.

"기존의 위치는 어딘지 봤지? 문경 시내랑 좀 멀더라고. 이왕 짓는 거 시내랑 가까우면 좋잖아. 위치는 그래서 옮긴 거고 자재는 기존의 업체가 좀 비싸더라고. 그래서 좀 저렴한 업체를 찾아서 바꿨어."

음.

그래, 그의 말이 맞다면 판단 자체는 옳았다.

예산을 줄이는 건 물론 선수촌 아파트의 가치를 올릴 수 있는 일이었으니까.

하지만 대한은 묘하게 최동진의 말에서 위화감이 들었다.

'위원장은 분명 군 공사 평계를 댔던 것 같은데.'

만약 저 이야기로 계획을 변경시켰다면 위원장이 먼저 저 말을 했겠지.

하지만 위원장은 분명 최동진이 요즘 군에선 다 이렇게 한다며 다른 종류의 효율을 따졌다고 했다.

둘의 말이 왜 다를까?

아니, 애초에 다를 이유가 있을까?

어찌됐든 둘 다 더 큰 효율을 추구하기 위함은 맞았다.

하지만 대한은 그의 말에서 콕 집어 말할 수 없는 묘한 거슬림을 받았다.

대한이 말했다.

"예산을 엄청나게 줄일 수 있는 게 아니라면 그냥 하던 공사를 그대로 진행하게 놔두시지 그러셨습니까."

"이왕 하는 거 효과가 좋아야 하지 않겠나?"

"그것도 맞는 말인데…… 예산이 부족할 수도 있다고 합니다."

그 순간.

"야."

"중위 김대한?"

"너 지금 나 가르치냐?"

일순 공기가 바뀌었다.

차가운 음성.

건조한 눈빛.

그의 표정이 식자 대한이 얼른 자세를 고쳐 잡고 큰 목소리로 답했다.

"아닙니다, 죄송합니다!"

"하, 이게 중위가 팀장으로 왔다고 어디 선배한테…… 선 넘지 말고 네 할 일이나 제대로 해. 꺼져."

"예, 알겠습니다!"

대한은 그 길로 바로 컨테이너를 나와 차에 몸을 실었다.

그리고 참았던 웃음을 터뜨렸다.

"그래, 선배 말은 들어야지."

이렇게 나온다 이거지?

느낌이 쎄 하다.

그리고 대부분 이런 류의 촉은 기가 막히게 잘 맞았다.

그렇기에 대한은 고개를 끄덕이며 생각했다.

'그래. 네 말대로 내가 맡은 일, 제대로 해 줄게.'

원래 폐급은 FM으로 조지는 게 정석이니까.

대한이 서둘러 박찬희를 향해 차를 몰았다.

박찬희는 개막식이 열릴 경기장을 확인 중이었다.

대한이 그에게 다가가 경례했다.

"충성."

"어, 김 팀장. 오늘 계속 회의 있지 않았어?"

"예, 있었는데 금방 끝났습니다."

"하하, 회의를 짧게 한다고 하더니만 진짜 빨리 끝내는구만. 일을 참 쉽게 해."

"어려울 거 있습니까. 간단하게 해야죠."

"그렇지. 그렇게 생각하는 거 자체가 중요하지. 그나저나 여 긴 어쩐 일이야? 뭐 확인할 거 있어?"

여기선 뭐 확인할 게 없죠.

굳이 있다면 당신 잘하고 있나 보러 온 것 정도?

원래라면 이렇게까지 확인하진 않을 것이다.

하지만 좀 전에 최동진을 만나고 온 터라 모든 것에 주의를 기울여야 했다.

그게 박찬희라고 예외는 아니었고.

그런데 박찬희는 누구와는 다르게 생각 이상으로 잘하고 있 었다.

대한이 웃으며 말했다.

"아닙니다. 그냥 오늘 일도 끝났고 해서 과장님 뵈러 온 겁니다. 혹시 뭐 도와드릴 거 있습니까?"

"하하, 우리 김 팀장님이 도와주면 고맙긴 한데…… 당장은 도움 청할 게 없네. 보다시피 나도 확인만 하러 온 거라."

그래?

내 눈엔 아닌 것 같은데…….

대한은 주변을 둘러보더니 의자들을 가리키며 말했다.

"혹시 내빈들이 착석하실 의자가 저겁니까?"

"어, 좀 낡긴 했지?"

"예, 좀 낡은 것 같습니다."

"그래도 제일 좋아 보이는 걸로 고른 거야. 예산이 없어서 저게 최선이었다."

"저거, 어쩌면 제가 도와드릴 수 있을 것 같습니다."

"돕다니? 뭘? 저걸?"

"예, 저기 있는 의자들 모두 기가 막힌 것으로 바꿔 드리겠습니다."

박찬희는 대한의 말에 웃음을 터트렸다.

"하하, 뭐 부대에 있는 의자라도 들고 오려고?"

"에이, 아닙니다. 이왕 들이는 거 새것으로 들여야죠."

"야야, 됐어. 괜히 돈 쓰지 마. 정 필요할 것 같으면 내가 국방부에 요청할게."

"후원 기업 하나가 저런 거 만드는 곳입니다. 말만 하면 바로 가져다줄 겁니다."

"아, 그래?"

"예, 군에 높은 분들이 앉아 보고 좋으면 쓰시지 않겠냐고 꼬시면 당장 내일이라도 가져다주지 않겠습니까?"

빈말이 아니라 이 정도면 엄청난 홍보 아니겠나.

잘만 하면 군대의 사무용품을 모두 바꿀 수 있는 기회일지도 모르는데.

거기다 내 추천까지 살짝 가미하면 설마가 현실이 될 수도 있다.

물론 지근식을 위해서는 아니었다.

저렴한 가격에 양질의 제품을 받게 해 줄 자신이 있었기에 추천을 해 준 것뿐.

박찬희가 고개를 끄덕이며 답했다.

"지원해 주시면 따로 추천도 해 드리겠다고 말해 줘야겠네."

"과장님까지 그렇게 말씀해 주신다면 의자뿐만이 아니라 책상이랑 단상도 다 만들어 줄 겁니다."

"하하, 그게 되겠냐."

될 걸요?

대한이 미소를 지으며 답했다.

"그럼 일단 이야기는 해 보겠습니다."

"그래, 되면 좋은 거고 안 돼도 방법이 있긴 하니까."

대한과 박찬희는 경기장 구석구석을 돌아보고는 주차장으로 나왔다.

그리고 박찬희를 만나러 온 진짜 용건에 대해 조심스럽게 이야기하기 시작했다.

"저 여쭤볼 게 있는데…… 최동진 대위는 원래 소속이 어디였습니까? 과장님 밑에 있었습니까?"

"아니, 국방부에 대위 자리 잘 없잖아. 내 밑에는 아니었고 몇 사단이더라? 53사단이었나? 거기서 차출됐다고 들었어."

"공사 경험도 없지 않습니까?"

몸을 풀던 박찬희가 잠시 침묵하더니 대한에게 물었다.

"공사 계획 바꾼 것 때문에 그래?"

"예, 그렇습니다."

박찬희는 한숨을 내쉬며 말을 이었다.

"그게 참…… 사람 함부로 의심하면 안 되는데 마음대로 되는 게 아니지. 그치?"

"……예, 맞습니다."

"그래도 의심이 되는 부분이 있으니 네가 그러는 것도 이해한다."

"과장님도 이상하다고 생각하십니까?"

"어, 당연히."

대답을 하는 박찬희의 눈빛이 변했다.

"내가 계급은 높아도 평정권자도 아니고 서로 파견 온 거니까 안 건드리고 있는 것뿐이야."

최동진의 행동을 봤을 때부터 이상해 하고 있었다.

박찬희 같은 군인이 최동진을 그냥 놔둘 리가 없는데 이런 이유가 있었다니.

'깔끔한 양반이었네.'

박찬희는 지휘체계를 확실히 지켜 주고 있었다.

물론 파견 지역에서는 박찬희가 지휘권자이긴 했지만 군인에게 가장 중요한 평정을 하지 않기에 깊게 관여하지 않은 것.

대한이 고개를 끄덕이며 말했다.

"과장님은 여기 온 지 얼마나 되셨습니까?"

박찬희는 다시금 미소를 찾고 말했다.

대한에게는 굳이 진지한 모습을 보일 필요가 없었으니까.

"일 년 넘었지? 보직이 슬슬 꼬이는 것 같긴 한데…… 그래도 대회 마무리는 하고 가야 하지 않겠냐?"

그래, 그게 맞지.

대한이 피식 웃으며 말했다.

"대회 잘 마무리하시면 다른 보직 돌아다니는 것보다 좋지 않겠습니까?"

"하하, 뭐야. 너 뭐 잘 알아?"

"여기저기 들은 게 많긴 합니다."

"원래 보직이 뭔데."

"지금 단 인사장교 하고 있습니다."

박찬희가 대한을 귀엽다는 듯 바라보며 말했다.

"인사장교님이 하는 말인데 맞겠지."

"하하, 저뿐만 아니라 높은 분들도 다 그렇게 생각하실 겁니다."

대한이 박찬희에게 웃어 보이고는 말을 이었다.

"그럼 최동진 대위는 언제 왔습니까?"

"동진이도 일 년 다 됐을 걸? 내가 오고 얼마 지나지 않아서 왔거든."

"아, 오래됐구나."

역시. 고인 물은 빨리 썩기 마련이다.

물론 파견지에 물이 고일 리 있기야 하겠냐만 혹시 모르지 않나.

박찬희가 대한의 어깨를 두드리며 말했다.

"그래도 아직 뭔가 제대로 드러나지도 않았는데 괜히 힘 빼지는 마. 드러나야 할 건 언젠가 드러나게 되어 있으니까 그때 돼서 제대로 해 보자고. 그런 의미에서 저녁이나 먹으러 가자."

"하하, 예. 알겠습니다."

대한은 박찬희가 최동진을 마냥 감싸고도는 것이 아니라 참 마음에 들었다.

'일단 공범은 확실히 아니겠네.'

그거면 충분했다.

대한은 그대로 차를 몰고 박찬희가 알려 준 식당으로 이동했다.

＊

　　그렇게 한 달째 파견지에서 정신없는 나날을 보내던 어느
날.
　　대한에게 여진수의 전화가 걸려왔다.
　　매일 업무 관련 통화를 하고 있었기에 이번에도 뭔가 물어
볼 게 있어 연락을 했겠거니 생각하며 전화를 받았다.
　　"충성, 전화 받았습니다."
　　ー축하한다.
　　엥?
　　갑자기?
　　그나저나 무슨 축하?
　　내가 축하받을 일이 있나?
　　대한은 빠르게 머리를 굴려 보았고 지금 상황에 축하 받을
일은 없는 것 같았다.
　　그래서 머리를 긁적이며 물었다.
　　"……갑자기 무슨 말씀이십니까?"
　　그러자 여진수가 웃으며 말했다.
　　ー오늘 장기 발표 날이잖아. 너 장기 붙었다고.
　　"아, 오늘이 장기 발표 날이었구나. 깜빡 잊고 있었습니다."
　　ー거기가 바쁘긴 한가 보네. 인사장교인 네가 이런 날을 다
까먹고 있고.

"하하, 하루가 어떻게 가는 줄도 모르겠습니다. 아주 정신없습니다."

−그래도 이번 주에는 부대 복귀해라. 단장님께서 오랜만에 대대 간부 회식이라도 하자고 하시더라.

"하하, 네, 알겠습니다. 금요일 날 일찍 복귀해 보겠습니다."

−그래, 단장님께서도 축하한다고 전달해 달라고 하셨으니까 일단 일 열심히 하고 복귀해서 감사하다 말씀드려.

"예, 알겠습니다!"

−다시 한번 축하하고 힘든 거 있으면 언제든지 연락해라. 끊는다.

통화가 종료된 뒤 대한은 얼마간 검은 화면을 지켜보던 끝에 웃으며 폰을 집어넣었다.

'이번엔 1차로 장기에 붙었네.'

전생에는 한 번에 붙지 못했다.

그래서일까?

이번 생은 확실히 전생과는 다르다는 게 느껴졌다.

'아마 앞으로도 많은 게 바뀌겠지.'

그러니 다짐했다.

후회 없이 최선을 다하겠노라고.

그래야 목표 이상의 성취를 이룰 수 있을 테니.

그렇게 얼마간 감성에 젖어 있을 무렵, 대한의 휴대폰이 또 한 번 울렸다.

대한은 휴대폰에 뜬 이름을 보며 미소를 지었다.

"충성! 중위 김대한, 한빛부대장님 전화 받았습니다!"

-자식, 장기 되더니 이상하게 전화를 받네.

"하하, 저 장기 선발됐습니다."

-하하, 내가 제일 먼저 본 줄 알고 연락한 건데 이미 들었구만?

한빛부대장, 이원영의 전화였다.

이원영이 대한을 축하해 주기 위해 직접 연락을 준 것.

대한이 웃으며 답했다.

"예, 부대에서 계속 확인하고 있다가 바로 알려 줬습니다."

-그럼 내가 질 수밖에 없지. 그나저나 요즘 문경에 있다며?

"예, 바쁘게 지내는 중입니다."

-잘 준비해 봐. 위에서도 관심이 많은 것 같더라. 아예 관련 없는 나한테도 자주 들리는 거니까 잘 준비하면 너한테도 분명 좋은 결과가 있을 거야.

"예, 알겠습니다. 최선을 다 하겠습니다."

-네가 최선을 다 한다면 걱정할 필요는 없겠네. 조만간 내려갈 테니 그때 얼굴이나 한번 보자꾸나.

"예, 알겠습니다. 말씀해 주시면 딱 대기하고 있겠습니다."

대한은 그 뒤로도 여러 사람의 축하 전화를 받았다.

고작 장기 선발로 이렇게 축하를 받다니.

기분이 참 이상했다.

'대위 진급했을 때보다 더 많이 받는 것 같네.'

그래도 내가 군 생활을 잘 하고 있기는 한 모양이다.

대한은 대회 준비 업무를 빠르게 마무리하고는 박찬희에게 연락했다.

"과장님, 저 이번 주 금요일에는 부대 복귀했다가 돌아오겠습니다."

─어, 그래 너야 뭐 부대 마음대로 가도 되니 상관없다만……근데 너 뭔 일 있어?

"아, 저 장기 선발돼서 부대에서 축하해 준다고 들어오라고 했습니다."

─……엥? 너 장기 아직이었어?

"예, 작년에 처음 신청했었습니다."

박찬희는 대한의 짬이 낮다는 사실을 까맣게 잊고 있었다.

그가 놀라는 것도 잠시, 다급하게 입을 열었다.

─대, 대한아. 아니, 김 팀장. 지금 짐 싸서 부대 다녀와.

"예? 아, 아닙니다. 금요일 날 오라고 하셨습니다."

─단장님께서 그렇게 말씀하신 건 알겠는데 내가 불편해서 그래. 그냥 가. 업무는 내가 알아서 하고 있을 테니까.

"진짜 안 그러셔도 됩니다."

─아니야, 내가 불편해서 그래. 제발 가.

중위에게 장기 복무 선발은 진급과도 같은 것이었다.

당장 집에 보내 줘도 모자랄 판에 계속 일을 시킬 상급자가 어디 있겠나.

물론 지원과장과 대회지원팀장이라는 애매한 위치였지만 파견지에서의 상관은 박찬희였다.

그렇기에 어떻게든 보내려는 것.

대한은 거의 빌다시피 하는 박찬희의 목소리를 듣고는 어쩔 수 없이 자리에서 일어났다.

"그럼 저 바로 출발합니까?"

ㅡ어, 당장 출발해. 단장님께 말씀 잘 드리고.

"예, 알겠습니다. 그럼 다음 주에 뵙겠습니다. 충성!"

대한은 그 길로 숙소로 복귀해 간단하게 짐을 챙기고 복귀하기 시작했다.

거의 한 달만의 복귀였다.

한 달만의 복귀.

그러나 너무나도 갑작스러운 복귀.

그래서 일부러 아무도 모르게 몰래 들어가 단장실 문을 두드렸다.

똑똑ㅡ

"어, 들어와."

심드렁한 목소리에 대한은 문을 열었고 이내 박희재의 눈이 자신에게 닿는 순간 그가 눈을 휘둥그레 뜨면서 자리에서 일어났다.

"어, 뭐야? 너 언제 왔어?"

"같이 있는 지원과장이 얼른 가 보라고 해서 바로 왔습니다."

"그래? 이야……!"

오랜만에 봐서 그런지 대한이를 보는 박희재의 얼굴에 미소가 만발한다.

이내 대한에게 다가온 박희재가 대한을 안아 주며 말했다.

"자식, 장기 선발된 거 축하한다!"

"다 단장님 덕분이라 생각합니다. 감사합니다."

"내 덕분은 무슨."

대한이를 뜨겁게 안아 준 박희재는 이내 대한의 전투복을 가다듬어 주며 말했다.

"여지껏 잘해 왔지만 이제부턴 더 잘해야 하는 거 알지?"

"예, 알고 있습니다."

"그래, 내가 다른 사람은 몰라도 대한이 넌 잘할 거라고 믿는다."

"단장님 옆에서 잘 배워서 반드시 멋진 군인이 되겠습니다."

"자식, 오랜만에 봐도 혓바닥은 여전하구만? 그래, 나한테 배울 게 있을진 모르겠지만 가르쳐 줄 게 있다면 전역하고라도 가르쳐 주마. 그나저나 문경에 일은 괜찮냐? 이렇게 갑자기 자리 비워도 괜찮은 거야?"

"예, 자리 비워도 괜찮게끔 잘 조치하고 왔습니다. 그리고 지원과장도 일을 잘해서 딱히 걱정 안 해도 될 것 같습니다."

"하하, 그러냐? 그래, 일을 잘하는 놈이니 센스 있게 널 보냈겠지. 가만있어 보자…… 그럼 금요일이 아니라 오늘 회식을 해야겠구만? 가서 진수 좀 불러와라."

"예, 알겠습니다!"

대한은 단장실에서 나와 곧장 지원과로 향했다.

그리고 지원과의 문을 열고 여진수에게 경례했다.

"충성! 중위 김대한 파견에서 잠시 복귀했습니다!"

"어? 뭐야? 네가 왜 거기서 나와?"

"과장님 보고 싶어서 복귀했습니다."

"징그러운 자식, 시간을 보니 전화 받고 얼마 안 돼서 바로 출발했나 보네?"

"예, 가라고 하시는 분이 있어서 바로 출발했습니다."

"그 사람 누군진 모르겠지만 참 센스 좋다. 그나저나 야, 잘 됐다. 장기 선발 기념으로다가 일 좀 하고 가야겠다."

"좋죠, 뭐부터 하면 되겠습니까?"

여진수는 서류를 살피는 척 하더니 이내 피식 웃으며 말했다.

"자식이 뱃속에 능구렁이만 들어 가지고. 얌마, 이 타이밍엔 거절해야 재밌는 거 아니냐?"

"제가 과장님이 시키시는 거 언제 거절한 적 있습니까? 과장님이 시키는 것엔 다 이유가 있겠죠."

"참 나…… 오랜만에 네 샛바닥 굴러가는 소리 들으니까 확실히 네가 온 게 실감이 나긴 나네."

그건 대한도 마찬가지였다.

문경이 어느 정도 편해지긴 했지만 아무렴 그래도 고향만 하겠는가?

그 차이는 사람들에 있다고 생각했다.

'일 빨리 끝내 놓고 자주 놀러 와야겠어.'

이상하게 여기만 오면 힐링이 된단 말이야.

게다가 이제 문경 건도 조금만 더 품을 들이면 공병단에 있다가 일 생겼을 때만 문경에 가도 될 터.

그렇게 해도 문제는 없었다.

아니, 참모차장인 김현식도 오히려 그러길 바라서 대한을 부대 이동이 아닌 파견으로 처리를 한 것.

대한은 이어 박희재의 호출 사실을 알렸고 두 사람은 함께 단장실로 향했다.

이윽고 두 사람이 단장실로 오자 박희재가 두 사람을 반기며 말했다.

"진수야, 대한이도 왔는데 그냥 회식 오늘 하자."

"예, 안 그래도 주요 직위자들에게 연락 남겨 놨습니다."

"메뉴는 대한이가 먹고 싶은 것으로 정해서 식당 예약해 놓고…… 그럼 그동안 대한이한테 무슨 일이 있었는지 한번 들어나 볼까?"

박희재가 여진수를 부른 것에는 회식 일정 조절도 있었지만 그보다 더 큰 이유는 함께 대한이의 근황을 듣기 위해서였다.

마치 라디오를 기다리는 청취자처럼 두 사람이 모여 앉자 대한이 웃으며 그동안 있었던 일들을 늘어놓았다.

　조직위원장과의 기싸움부터 숙소를 캠핑장으로 바꾸고 있는 현재 상황까지.

　초반에 있었던 일은 그렇게 즐거운 일들이 아니었기에 박희재와 여진수의 인상을 구겼다.

　하지만 위원장과의 관계를 제대로 정리했다는 대목에서 박희재가 흡족하다는 듯 고개를 끄덕였다.

　"그래, 일하는 데 나이가 중요하냐? 일처리 요상하게 하고 있으면 따끔하게 한 마디 해야지. 잘했다."

　"지금은 잘 도와주십니다. 매일 현장에 나가서 작업 진행 상황을 저 대신 확인도 해 주고 계십니다."

　"다행이네. 그래도 언제 또 변할지 모르니까 너무 친해지진 말고 항상 적정 거리 유지해라."

　"예, 알겠습니다."

　"그나저나 대한이 주변에 정치인들이 많이 꼬이는 것 같은데…… 이거 좋은 건가?"

　박희재의 의문에 여진수가 답했다.

　"어찌 됐든 힘 좀 있는 사람들 아닙니까. 주변에 힘 있는 사람이 많으면 좋지 않겠습니까?"

　"그렇긴 한데…… 군인이 정치인들 많이 알아서 좋을 건 없는 것 같은데."

"또 모릅니다. 잘 유지해 나가다가 장군 진급 시기 오면 도움을 줄 수도 있잖습니까."

"야, 최소 20년은 지나야 할 텐데 그때를 보고 지금부터 친해져야 해? 무슨 산삼 농사 지어?"

"하하, 지금부터 쌓아 가는 거 아니겠습니까."

박희재가 고개를 내젓고는 대한에게 말했다.

"방송 최대한 안 타도록 잘 행동해라. 말 나오기 시작하면 머리 아파. 저번에 휴가 때 알지?"

"하하, 예. 걱정 안 하셔도 됩니다. 카메라 보이면 바로 도망가겠습니다."

이후에도 대한의 이야기는 계속됐고 마침내 이야기가 끝나갈 무렵 박희재와 여진수는 매우 흡족한 표정으로 고개들을 끄덕였다.

"역시…… 단장님, 이놈은 걱정할 필요가 없는 놈입니다."

"그래도 핏덩이 같은 앤데 조금은 걱정해 줘야지."

"그럼 아주 조금만 하면 될 것 같습니다."

"하하, 그래 밀리그램 단위면 딱이겠네."

대한이 피식 웃으며 여진수에게 물었다.

"저 없는 동안 걱정하셨습니까?"

"아니, 난 안 했는데 단장님께서 걱정 많이 하셨지. 이렇게 장기로 파견 가는 건 처음이니까."

"안 그래도 이제 슬슬 거기도 자동으로 굴러갈 때가 된 것 같으니 조만간 부대로 돌아올 것 같습니다."

"벌써? 아직 한 달밖에 안 됐는데?"

"제가 현장을 직접 봐야 하는 건 별로 없으니 상관없습니다."

"에이, 그래도 현장은 직접 봐야지. 안 보면 하자가 생기거나 원하던 그림이 안 나온다고. 군대에서 하는 것처럼 하는 게 제일 좋아."

군에서 공사를 하게 되면 매일 얼마나 작업했는지 기록을 남긴다.

기록을 위한 점검을 하는 중에 미흡 사항을 찾아내 수정을 하기도 하며 그 덕에 튼튼한 건물이 만들어진다.

작업자들이야 힘들어 하는 작업이지만 국민들 세금으로 하는 공사인데 어설퍼서야 쓰겠나.

'흠…… 저 말도 일리가 있지. 그럼 계속 있어야 하나?'

여진수의 말에 고민하기도 잠시.

대한은 불현듯 한 달간 고민하던 게 떠올라 바로 화제를 전환시켰다.

"아참, 단장님. 혹시 군 공사 많이 해 보셨지 않습니까?"

"군 공사? 어, 남들 하는 만큼은 해 봤지?"

"혹시 공사 관련 자재들이 들어오는 건 누가 검사합니까?"

"시공사 쪽 현장 담당자가 하겠지? 자재만 따로 받는다면…… 네가 보고 있던 현장은 시청 건설과에 물어보면 될 것 같은데?"

대한의 기억에도 박희재가 말한 곳에서 자재를 확인했다.

이후 대한이 잠시 골몰한 표정을 짓자 눈치 빠른 박희재가 물었다.

"왜? 무슨 문제 있어? 큰 문제야?"

큰 문제일 수도 있고 아닐 수도 있다.

선수촌 아파트가 아닌 캠핑장을 짓는 지금은 아닌 것에 더 가깝겠지.

하지만 뭔가 이상하다는 느낌이 든 이후로 한 번도 잊히지 않았다.

고민 끝에 대한이 진지한 어조로 답했다.

"큰 문제라기보단…… 뭔가 찝찝하게 많이 거슬립니다."

"대한이가 거슬리면 안 되지."

박희재가 씨익 웃으며 물었다.

"뭐가 널 거슬리게 하는 지 어디 한번 들어나 보자."

"기존의 선수촌 아파트를 짓는 것에서 캠핑장으로 바뀐 건 알고 계시지 않습니까?"

"알지. 그거 생기면 바로 놀러 가려고 준비 중이다."

"하하, 말씀만 해 주십쇼. 제가 미리 준비해서 기다리겠습니다. 무튼 지금 제가 거슬리는 건 캠핑장이 아니라 선수촌 아파트를 지을 때를 말씀드리는 겁니다."

"끝난 현장이 거슬리다고? 왜? 이제 보니 아파트가 더 좋아

보여?"

"아, 그건 절대 아닙니다. 전 무조건 캠핑장이 더 좋다고 생각합니다. 다만 선수촌 아파트 작업 과정에서 뭔가 석연찮은 점을 발견했습니다."

"석연찮은 점? 뭔데?"

대한이 숨을 고르고는 말을 이었다.

"선수촌 아파트 부지가 두 군데입니다. 기존의 선수촌 아파트를 짓는 곳이 있었고 거기도 어느 정도 작업이 진행되는 중이었습니다. 그런데 시설장교가 새로 온 뒤에 선수촌 아파트 부지를 다른 곳으로 옮기는 건 물론 업체까지 변경이 되었습니다."

대한의 말에 박희재와 여진수가 고개를 갸웃거리며 말했다.

"한두 푼 들어가는 공사도 아니고 선수촌 아파트 공사에서 부지를 바꾼다고?"

"이거 일을 너무 대충한 거 아닙니까?"

"뭐, 건설 쪽 공무원 중에 이렇게 큰 공사를 해 본 적 없는 사람들이 대부분일 테니 그럴 수도 있다고 생각해야 하나?"

"아무리 그래도 이게 말이 되는 게 아닌데…… 경험이 없으면 외부인력을 섭외해서라도 잘 준비하지 않았겠습니까. 더군다나 이번 건은 군도 참여하는 건데."

대한의 말에 두 사람도 의문을 가지기 시작했고, 얼마간 대화를 나누던 끝에 박희재가 대한에게 물었다.

"혹시 그거 시설장교가 바꾼 거야?"

"예, 업무 파악하고는 먼저 제안을 했다고 합니다."

"흠."

아무리 위치나 업체가 별로라도 이런 제안은 시설장교의 입에서 나오는 것이 아니었다.

그도 그럴 것이 시설장교는 하고 있는 공사가 계획대로 잘 굴러가는지 확인하는 자리였으니까.

그래서 대한이 이상하게 생각하는 것이었고 박희재도 대한과 생각이 같은지 고개를 끄덕이며 말했다.

"확실히 흔한 일은 아니네. 근데 아무리 그래도 먼저 의심하고 들어가는 건 별로 안 좋은데…… 그나저나 걔는 위치를 왜 바꿨을까?"

"직접 들어 보니 시내와 가까워야 더 가치가 높아진다고 바꿨다고 합니다."

"이유 자체는 타당하네. 이왕 짓는 거 제대로 된 가치를 인정받아야 하니까. 그럼 업체는 어떤 업체를 바꿨다는 거야?"

"철근 납품 업체입니다."

"……철근?"

박희재는 미간을 찌푸리며 여진수를 바라봤다.

"철근이면 냄새가 좀 구린데?"

"하필 철근 업체가 바뀐 게 이상하긴 합니다."

"그래도 이상하지 않았으니까 공사가 진행되고 있었던 거 아냐? 거기 일하는 작업자들도 이상하면 일 못한다고 먼저 말했을 걸?"

일리가 있다.

작업자들도 공사 원데이 투데이 하는 것도 아니고.

척 보면 안다.

그러나 박희재의 말에 대한이 고개를 내저으며 말했다.

"공사가 본격적으로 진행된 상황이 아니었습니다. 토목 공사만 끝났고 선수촌 아파트가 본격적으로 지어지기 전에 작업을 중단시켰었습니다."

"그럼 철근이 얼마 안 들어왔겠네."

"아닙니다. 많이 들어왔습니다."

"그래? 준비를 잘해 놓은 곳이었나 봐?"

"예, 마치 준비가 되어 있었던 것처럼 엄청난 양에 철근이 쌓여 있습니다."

"반품하지 그랬어?"

"뭐 일단 캠핑장과 주차장에도 써야 하니 놔두고 있긴 합니다. 그리고 다른 곳보다 저렴해서 일단 좋게 생각하려고 노력 중입니다."

거슬리는 거지 시설장교가 잘못이 있다는 건 아니었다.

그 사람 나름대로 최선을 다 했는데 내가 색안경을 끼고 있는 것일 수도 있었으니까.

그렇기에 최대한 좋게 생각하기 위해 매일 노력 중이었다.

그때, 여진수가 물었다.

로또부터
장군까지

"근데 철근은 다 비슷비슷하지 않나? 저렴하다면 얼마나 저렴하다고. 경쟁계약해도 얼마 차이 안 났던 것 같은데?"

경쟁계약은 많은 참가자를 구해 계약을 따낼 기회를 주는 동시에 차별 없이 경쟁을 할 수 있는 제도였다.

이러한 경쟁에서 입찰을 따내려면 최대한 낮은 금액을 써내는 것이 가장 유리했다.

하지만 철근의 가격을 낮게 쓰는 건 쉽지 않았다.

그도 그럴 것이 특별한 기술이 있는 것도 아니고 원자재의 시세에 따라 금액 변동이 큰 자재였으니까.

그 말에 대한이 조용히 고개를 내저으며 말했다.

"다른 곳 보다 확실히 저렴합니다. 그리고 경쟁계약이 아니라 수의계약으로 진행했습니다."

"엥? 경쟁계약이 아니라고?"

"예, 수의계약으로 진행했습니다."

수의계약.

그 말에 일순 여진수와 박희재의 시선이 약속이라도 한 것처럼 딱 맞아떨어졌다.

이내 좁혀진 박희재의 미간.

수의계약은 경쟁계약의 정반대되는 말로 대상을 임의로 지정해 하는 계약을 말했다.

박희재가 이제껏 보인 표정들 중 가장 진지해진 표정으로 물었다.

"……설마 수의계약을 여러 개로 나눠놨더냐?"

"예, 그렇습니다."

"구린내가 심하게 나네."

여진수도 박희재와 같은 생각인지 조용히 고개를 끄덕였다.

대한도 이 부분이 가장 의심스러웠다.

수의계약 자체가 나쁜 건 아니었다.

군 공사에서도 수의계약을 많이 하곤 했으니 거부감도 그다지 없었다.

다만 전체 공사를 수의계약으로 처리해도 되는 상황에 굳이 금액을 쪼갰다?

'이건 처음부터 경쟁계약을 할 생각이 없다는 거겠지.'

경쟁계약과 수의계약 간에 가장 큰 차이는 당연히 금액적인 부분이다.

작은 금액을 가지고 굳이 경쟁을 붙일 필요는 없었으니까.

박희재가 잠시 고민하더니 대한에게 말했다.

"그래서, 넌 어떻게 하고 싶은데?"

대한은 박희재의 질문에 쉽사리 답하지 못했다.

확실히 이상하긴 하지만 그렇다고 크게 잘못된 상황은 아니었으니까.

'충분히 있을 수 있는 일이긴 해.'

이런 큰 공사는 혼자 하는 게 아니었다.

문경시의 공무원, 조직 위원회, 군.

대회 개최에 관련 있는 모든 조직들에게 걸쳐 있는 사업이었다.

그렇기에 수상함을 느끼고 본격적으로 찾아보려면 그 모든 조직을 죄다 들쑤셔 보아야 한다는 것.

그래서 부담스러운 것이다.

이제야 제대로 굴러가기 시작했는데 괜히 잡음을 일으키는 게 아닌가 싶어서.

대한의 장고가 길어지자 박희재가 피식 웃으며 말했다.

"궁금해서 말을 꺼낸 게 아니구만? 이미 의심은 하고 있고 어떻게 해야 할지 조언을 구하고 싶은 거였어."

역시.

같이 지낸 세월이 있어서 그런지 대한을 잘 알고 있었다.

대한이 웃으며 답했다.

"하하, 예, 사실 그런 것 같습니다."

"네가 괜한 트집 잡는 놈도 아니고 거슬리는 게 있으면 한번은 확인해 봐야지. 원래 일이란 건 유도리도 좋지만 피곤하게 하는 사람이 하나쯤은 있어야 실수도 바로 잡히는 법이니까. 그리고 실무자가 찜찜하다는데 어떻게 일해? 안 그래?"

"그렇게 말씀해 주셔서 감사합니다. 하지만 괜히 제가 분위기를 망칠 수도 있을 것 같다고 생각합니다."

"그렇게 생각할 수 있어. 충분히 그럴 만해. 하지만 그럼에도 내 의견을 물어본다면 난 일단 건드려 볼 것 같다."

이어서 여진수도 말을 보탰다.

"대한아, 내가 단장님 앞에서 할 말은 아니지만 내 경험상 찝찝한 건 다 찝찝한 이유가 있었다. 너도 감이 없는 놈이 아니니 분명 찝찝한 느낌이 드는 것에는 확실한 이유가 있을 것 같다."

두 사람의 지원사격.

덕분에 결정이 한결 쉬워졌다.

"감사합니다. 계속 고민하고 있었는데 덕분에 결정할 수 있을 것 같습니다."

"그럼 다행이고."

"예, 말씀드리길 잘한 것 같습니다."

"크크, 돌아가서 잘하겠지만 궁금한 거 있으면 언제든지 물어봐라. 그리고 필요하면 가서 직접 확인해 줄 테니 하고 싶은 대로 하고."

박희재는 이제 중령이 아닌 대령.

공병단장이라는 자리에 앉은 힘 있는 양반이었다.

그러니 그의 말은 빈말이어도 큰 힘이 될 터.

'끗발이 달라졌네.'

든든함을 느낀 대한이 싱긋 웃는다.

✳

다음 주 월요일.

대한은 조직 위원회 사무실로 출근했다.

일찍 출근한 박찬희가 대한을 반겼다.

"단장님께 감사하다고 말씀 잘 드리고 왔냐?"

"예, 단장님께서 과장님께 보내 줘서 고맙다고 전해 달라고 하셨습니다."

"에이, 당연히 보내야 하는 거지."

세상에 당연한 건 없었다.

박찬희가 센스가 있는 것.

대한은 그에게 미소를 지어 준 뒤 곧장 자리에 앉아 서류들을 뒤지기 시작했다.

그러자 박찬희가 물었다.

"뭔 출근하자마자 일을 해?"

"출근했으니까 일해야죠."

"할 거 많아? 당장 할 건 없지 않나?"

대한이 박찬희에게 일일이 보고하면서 일을 하고 있던 건 아니었다.

여기서 대한의 직속상관은 박찬희가 아니라 김현식이었으니까.

그래도 업무 공유는 필요했다.

'괜히 일을 두 번 할 수도 있으니까.'

하지만 딱히 공유해 둔 업무는 없었다.

대한이 해야 할 것들은 전부 박찬희 모르게 진행되어야 하는 것들이었으니까.

대한이 미소를 지으며 답했다.

"별건 아니고 어디 부족한 곳 있나 확인 한번 해 보려고 합니다. 원래 조용히 잘 굴러갈 때 가장 조심해야 하지 않습니까?"

"하하, 그것도 그렇지. 무소식이 희소식일 때도 있긴 하지만 아닐 때도 있으니까."

박찬희는 대한을 향해 주먹을 쥐어 보이며 응원했다.

그가 보기엔 대한이 알아서 일을 찾아서 하는 것 같아 보였으니 당연한 반응이었다.

박찬희가 그대로 자리로 돌아가 앉자 대한이 본격적으로 서류들을 살피기 시작했다.

그렇게 서류를 확인하는 것도 잠시.

대한이 자리에서 일어나며 말했다.

"과장님, 저 잠시만 건설과 좀 다녀오겠습니다."

"어, 다녀와."

서류를 챙긴 대한은 곧장 건설과로 향했고 안면이 있던 공무원에게 다가갔다.

"저 여쭤볼 게 있습니다."

"……뭔데요?"

그는 대회 관련 모든 공사를 담당하고 있었고 대한을 가장 만나기 싫어하는 사람 중 하나였다.

그도 그럴 게 대한이 추가적으로 일을 시킨 것이 한두 개가 아니었으니까.

'나 같아도 피하고 싶지.'

그래도 오랜만에 오는데 이렇게 방어적인 태도를 취하다니.

대한이 피식 웃으며 말했다.

"하하, 너무 경계하시는 거 아닙니까?"

"후…… 김 중위님 볼 때마다 무섭습니다."

"에이, 이제 뭐 더 부탁할 것도 없으니 너무 무서워하지 마십쇼."

"그래요. 제발 그럽시다. 그래서, 뭐가 궁금해서 오셨습니까?"

대한이 가져온 서류를 내밀며 물었다.

"이거 왜 수의계약으로 진행하셨습니까?"

"아, 가은철강이랑 계약한 거 말씀하시는구나. 근데 왜 수의계약으로 했냐뇨? 당연히 가은철강이랑 해야죠."

당연히?

무슨 이유가 있는 건가?

대한이 고개를 갸웃하자 공무원이 말을 이었다.

"문경에서 철근은 여기가 제일 저렴합니다."

"그래도 경쟁으로 하면 더 저렴하게 제시하는 곳이 있을 수도 있지 않습니까?"

"뭐, 있을 수도 있겠죠?"

대한은 공무원의 대답에 미간을 찌푸릴 수밖에 없었다.

하지만 이때까지 일 처리했던 것들을 보면 이렇게 대충 일 처리를 사람은 아니었다.

캠핑장 관련해서 일을 수두룩하게 던져 줄 때도 놓치는 것 없이 꼼꼼하게 해결했으니까.

대한이 미간을 살짝 좁히며 말했다.

"좀 전의 대답은 조금 위험한 발언인 것 같은데 정말 이유가 그게 전부입니까?"

"아이고…… 그런 뜻은 아니었습니다만 하하…… 뭐, 김 중위님은 잘 모르시겠지만 여기 사장님이 지역에서 유명하신 분인데 공사할 때마다 철근 말고도 필요한 게 있으면 알아서 챙겨 주시고는 합니다. 그래서 가은이랑 한 겁니다."

그냥 일반인들끼리 하는 공사라면 저런 업체를 선정하는 게 맞았다.

하지만 지금은 그게 아니지 않는가.

국가 예산으로 하는 공사인데 저런 서비스를 생각해서 업체를 선정한다니.

대한이 잠시 고민하고는 입을 열었다.

"사장님을 잘 아십니까?"

"예, 당연히 알고 있죠. 큰 도시가 아니라 찾아오는 분들이 매번 비슷합니다. 가은철강 사장님은 거의 매일같이 오는 분이라 모를 수가 없죠."

"그 업체 위치도 알고 계십니까?"

"예, 알려 드릴까요?"

"부탁드리겠습니다."

"주소가…… 여기 있습니다. 한번 찾아가 보세요. 사람 좋습니다."

대한은 가은철강의 주소를 받아 들고는 곧장 주차장으로 향했다.

잠시 후, 거대한 창고 앞에 도착한 대한은 차에서 내려 주소를 확인했다.

'도매상 같은 곳이구나.'

가은철강은 철 관련 자재를 제작하는 곳이 아니었다.

저렴한 가격에 자재를 매입해서 공사 현장에 납품하는 곳이었다.

이런 곳이라면 필요한 걸 챙겨 줄 수도 있을 것 같긴 했다.

대한은 주변을 살펴보고는 그대로 창고 문을 열었다.

"계십니까?"

아무런 대답도 들려오지 않았고 대한은 자연스럽게 창고 내부에 시선이 갔다.

그러고는 놀라운 표정을 숨길 수 없었다.

'뭔 철근이 이렇게 많아?'

철근들이 창고 천장에 닿을 듯 엄청나게 쌓여 있었다.

대한은 놀라는 것도 잠시 의문을 가질 수밖에 없었다.

'이 정도로 쌓아 놓으려면 돈이 많이 필요할 텐데?'

아무리 시세가 저렴할 때 많이 사 놓는 거라고 해도 이 정도 되는 물량을 채우려면 엄청난 돈이 들 터.

그리고 이런 재고를 쌓는 데 빚을 지는 사람은 없을 것이다.

그 말은 가은철강 사장이 이걸 전부 매입하고도 여유가 있을 정도의 재력을 가지고 있다는 것.

대한은 마음에 있던 의심을 점점 지워 가는 중이었다.

'돈 많으면 싸게 해 주고 서비스까지 해 줘도 상관없겠지.'

그게 자본주의니까.

그리고 어쩌면 이 사람은 정말 지역 발전을 위해 힘쓰고 있는 사람일 수도 있겠다는 생각이 들었다.

그때, 창고 구석에 위치한 사무실에서 누군가 나오며 말했다.

"누구세요?"

"아, 안녕하십니까. 대회지원팀장을 맡고 있는 김대한 중위라고 합니다."

"아! 최 대위님이 말한 분이구나. 반갑습니다. 서준모라고 합니다."

가은철강 사장 서준모.

인상이 아주 좋은 사람이었다.

그의 미소에 대한 또한 자연스럽게 미소가 지어질 정도였다.

"여기 온 지 시간이 좀 흘렀는데 이제야 뵙네요."

"바쁘신 분들인데 저 같은 사람 볼 시간이 있겠습니까. 여기서 이러지 말고 사무실로 가시죠."

대한은 서준모를 따라 사무실로 이동했다.

그리고 이동하는 동안 그런 생각들이 들었다.

'정말 좋은 사람인데 내가 너무 오버한 건가?'

이미 사람은 좋다는 말을 듣고 왔는데 실제로 보니 정말 그런 것 같다.

그러다 보니 내가 예민한 게 아닐까라는 생각이 들었다.

이동하던 중 서준모가 말했다.

"근데 공장이 좀 삭막하죠?"

"삭막한 건 모르겠고 압도적이긴 합니다."

"하하, 좀 과한가요?"

"아닙니다, 그냥 좀 놀랐습니다. 이렇게까지 쌓아 둔 곳은 처음 봤거든요."

"하하, 살려면 어쩔 수가 없습니다. 저희 같은 사람들은 자재가 쌀 때 많이 사둬야 돈을 법니다. 타이밍 살피다가 투자한다 생각하고 전 재산을 밀어 넣었는데 이렇게 됐네요."

승부사네 이 양반.

대한은 서준모의 말에 미소를 지었다.

"멋진 투자였던 것 같습니다. 이 철근 다 납품하는 날에 은퇴하시면 되겠네요."

"그 생각으로 사긴 했는데 금방금방 나가진 않네요. 동네가 발전을 빨리 해야 다 팔고 은퇴할 텐데."

서준모는 지역 발전에 진심일 수밖에 없었다.

그도 그럴 것이 이런 철근을 다른 지역까지 운반하면 그만큼 또 운반 비용이 발생하기 때문에 타산이 안 맞을 수도 있었으니까.

'제대로 이득을 보려면 문경에서 진행되는 공사에 들어가는 게 제일 좋겠지.'

대한이 서준모에게 말했다.

"이번 대회 잘 끝내서 제대로 도와드리겠습니다."

"하하, 말만 들어도 좋네요. 아참, 근데 먼저 오신 손님이 있었는데 말씀드린다는 걸 깜빡했네요."

"괜찮습니다."

어차피 지역 주민일 텐데 동네 이야기 듣는 시간을 가지면 될 듯했다.

하지만 서준모의 말에 대한은 고개를 갸웃할 수밖에 없었다.

"예, 괜찮으실 겁니다. 중위님이랑도 안면이 있는 분이니까요."

"……저랑 안면이 있다고요?"

누구지?

여기에 나랑 안면이 있을 만한 사람이 없는데?

특히 이 양반은 나랑 초면인데 어떻게 안면이 있다는 걸 아는 거지?

이윽고 사무실에 도착했고 서준모가 사무실 문을 연 순간이었다.

"……어?"

사무실에 먼저 와 있는 손님.

그 사람을 본 대한은 놀랄 수밖에 없었다.

그도 그럴 게 먼저 온 손님은 다름 아닌 시설장교 최동진이
었으니까.

"시설장교님?"

놀란 건 대한뿐만이 아니었다.

뒤늦게 대한을 발견한 최동진도 두 눈을 동그랗게 뜨며 되
물었다.

"김 중위? 네가 여기 어쩐 일이야?"

"아, 그게……."

전혀 생각지도 못한 인물이 보이자 자연스럽게 말문이 막혔
다.

그러기도 잠시, 지워 가던 의심이 급속도로 피어오르기 시작
했다.

'얘가 왜 여기 있는 거야?'

아무리 생각해도 여기 있을 이유가 없었다.

현장 확인하는 것도 정신없어야 할 양반이 자재상 사장이랑
여유롭게 커피를 마시고 있다고?

'이것 봐라……?'

구린 냄새가 다시금 확 풍겨져 나온다.

두 사람의 놀란 모습에 서준모가 대한에게 말했다.

"여기 자주 오시는 거 모르셨구나. 자재 검수도 할 겸 종종 들르셨습니다."

"……아, 그렇습니까?"

"예, 오늘은 내일 들어갈 자재들 확인할 겸 방문하셨는데…… 서로 일정을 모르셨나 봅니다."

"직속상관이 달라서 보고하는 관계는 아닙니다."

"아, 그러시구나. 일단 앉으시죠. 커피 한 잔 내드리겠습니다."

대한은 자연스럽게 최동진의 맞은편 소파에 앉아 그에게 물었다.

"내일 자재 들어갑니까?"

"……어, 그렇지?"

"현장에 만들어 놓은 사무실에서 대기하시다가 자재 들어왔을 때 확인해도 되는 것 아니었습니까?"

의심을 할 수밖에 없는 이유였다.

아무리 가깝다고 하지만 여기까지 올 이유가 없었다.

어차피 자재가 현장으로 도착할 것이고 그때 확인하고 불량이 있으면 돌려보내도 할 말이 없으니까.

현장 담당자가 굳이 여기까지 와서 사장을 편하게 해 줄 이유가 없단 말이었다.

대한이 날카롭게 질문하자 최동진이 미간을 찌푸리며 답했다.

"너 말투가 좀 그렇다?"

"그렇게 들리셨다면 죄송합니다."

"됐고, 우리끼리 있는 것도 아니고 그런 건 나중에 이야기하지."

"……예, 알겠습니다."

감정적으로 나오는 것 같긴 했지만 그의 말이 틀린 건 아니었다.

서준모가 군인이었다면 여기서 말하라 했겠지만 민간인 앞에서 같은 군인끼리 날선 대화를 할 필요는 없었으니까.

잠시 후, 서준모가 커피를 대한에게 건네며 말했다.

"제가 도와드리는 만큼 현장에서도 많이 도와주는 편입니다."

"사장님께서 많은 도움을 주신다는 건 들어서 알고 있습니다만 현장에서는 무슨 도움을 받으실 수 있으십니까?"

"아무래도 저 혼자 여길 관리하다 보니 관리가 소홀히 된 것들이 생길 수밖에 없었습니다. 제가 확인을 한다고 하긴 하지만 사람이 하는 일이 어찌 완벽하겠습니까?"

"그렇긴 하죠. 실수를 하니까 사람인 거니까요."

"그렇죠. 뭐, 그러다 보니 불량에 가까운 자재들이 현장에 가는 경우가 가끔 있습니다. 그때 반품하면 또 이송비가 들고 하니까 미리 와서 골라 가시는 겁니다."

그래?

돈 준 만큼만 일해도 감사한 이 각박한 세상 속에서 의리와 정이 너무 넘치는데?

대한은 서준모와 최동진을 번갈아보았다.

그러고는 고개를 끄덕이며 커피를 홀짝였다.

"시설장교님, 언제 복귀하실 겁니까?"

"나도 온 지 얼마 안 됐어. 철근이랑 다른 자재 좀 골라 놓고 가려고. 넌 그 커피 마시고 갈 거지?"

"아, 예. 가야죠."

최동진은 대한에게 눈치를 주고 있었다.

본인의 마음 같아서는 당장 대한을 보내고 싶겠지만 서준모가 보고 있는 상황 아닌가.

대한도 이 자리에 오래 있을 생각은 없었다.

'단 둘이 이야기할 시간을 만들어야겠어.'

최동진의 성격을 미루어 볼 때 폭언과 욕설은 기본으로 들을 것 같았지만 그냥 넘어갈 순 없었다.

대한은 서준모와 짧은 대화를 마치고는 커피 잔을 내려놓았다.

"잘 마셨습니다. 전 다른 업무가 있어서 먼저 일어나겠습니다."

"벌써 가시게요?"

"예, 아직 다른 곳 가 봐야 할 곳이 많이 남아있습니다."

"우리 최 대위님보다 훨씬 바쁘시네. 알겠습니다. 조심히 들어가십쇼."

대한은 서준모의 배웅을 받으며 차에 탑승했다.

그리고 곧장 가은철강을 벗어나며 박찬희에게 연락했다.

"충성. 과장님 통화 괜찮으십니까?"

—어, 말해.

"최동진 대위 지금 어떤 업무 중입니까?"

—동진이? 그냥 현장 감독 중이지 뭐. 왜, 뭐 시킬 거 있냐?

과연 저기 있는 것이 현장 감독 업무인가.

잠시 고민하던 대한이 답했다.

"아닙니다. 철근 납품 업체에 잠시 다녀왔는데 마주쳐서 여쭤봤습니다."

—아, 가은철강? 거기 자주 간다고 보고 하긴 하더라.

"아, 과장님한테 보고했습니까?"

—어, 철근이랑 다른 자재들 확인하러 갔다 왔다고 하던데?

현장 일 자체가 딱 정해진 일들만 해서는 안 되긴 했다.

넓게 본다면 저런 업무도 현장 일에 들어가는 것.

무엇보다 상급자한테 보고할 정도면 당당한 것 같았다.

대한은 박찬희에게 복귀하는 중이라 보고한 뒤 전화를 끊고 사무실로 복귀했다.

그리고 그날 저녁.

박찬희가 퇴근하고 대한은 사무실에 혼자 남아 캠핑장 관련 서류를 확인하고 있을 때였다.

그때, 사무실의 문이 열리며 최동진이 들어왔다.

"충성, 고생하셨습니다."

"야, 김 중위."

"중위 김대한."

"잠시 나 좀 보자."

뭐지.

할 말이 있으면 아무도 없는 사무실에서 하는 게 더 편하지 않나?

하지만 대한은 군말 없이 그의 뒤를 따라 나섰고 얼마 뒤, 주차장 한 구석으로 대한을 데려간 최동진이 담배를 꺼내 물며 말했다.

"너 뭐냐?"

"잘못 들었습니다?"

"너 뭘 하고 돌아다니는 거냐고."

"가은철강 건을 물으시는 거면 일하러 간 겁니다."

"네가 거기 와서 무슨 할 일이 있다고?"

"제대로 된 자재가 들어오는지 확인도 할 겸 추가적으로 어떤 지원이 가능한지 확인하러 갔습니다."

"그래서, 확인은 했어? 너 그냥 갔잖아."

"시설장교님께서 친밀하게 관계를 유지하시고 계시는 것 같아 굳이 확인할 필요가 없다고 생각했습니다."

"후……."

최동진은 담배를 깊게 빨아들이고는 말을 이었다.

"대한아, 네가 아직 군 생활을 많이 안 해 봐서 잘 모르는 것 같은데 상급자들이 움직이는 곳에 함부로 오는 거 아니야. 확인 필요하면 나한테 전화로 물어보던지. 안 그래? 굳이 안 와 봐도 되는 곳에 와서 시간 낭비하고 선배 기분도 안 좋고 이게 뭐냐?"

시간 낭비라.

좋다.

그것까진 받아들일 수 있다.

최동진이 알아서 잘하고 있던 거라면 사무실에서 보고 들어오는 내용으로 충분히 해결할 수 있었으니까.

하지만 일을 잘해야 신경을 안 쓰지.

네가 지금 일을 잘하고 있냐?

수정한 계획이 계속 지연되고 있으니 그렇지.

대한이 캠핑장 관련 서류를 괜히 들여다보고 있던 것이 아니었다.

인력을 투입한 것에 비해 속도가 현저히 느렸다.

현장 감독이라면 공사 기간을 지키는 건 기본이었다.

물론 무리하게 진행하면 사고가 나기에 조심해야 하는 건 맞지만 지연도 정도가 있는 것 아니겠나.

시작한 지 얼마나 되었다고 벌써 잡음이 나느냐 말이다.

그리고 뭐?

기분이 안 좋아?

자식이 장난하나…….

그러나 그리 말할 순 없기에 대한은 일단 고개를 숙였다.

"아, 예…… 죄송합니다."

"힘들게 일하는데 서로 피곤하게 하지는 말자. 전화해서 물어봐. 휴대폰 없는 것도 아니잖아?"

"예, 명심하겠습니다."

"그래, 난 바로 퇴근해 볼 테니까 먼저 들어가 봐. 너도 일찍 퇴근해. 파견 나와서 무슨 야근이냐?"

"예, 알겠습니다. 충성!"

대한은 최동진에게 경례를 하고 사무실로 복귀했다.

그리고 이번 일을 계기로 확신했다.

'저 자식, 뭐가 있어도 제대로 있다.'

거슬리는 게 한두 개가 아니었다.

대한은 잠시 생각 정리를 마친 뒤 서둘러 자리를 정리하고는 숙소로 복귀했다.

그리고 박찬희에게 연락해 그의 방으로 찾아갔다.

"충성, 쉬시는데 죄송합니다."

"어, 아니야. 들어와."

깔끔하게 정리된 방.

군인 아니랄까 봐 이불에 각은 물론 옷걸이에 걸려 있는 옷에도 각이 잡혀 있었다.

대한이 이불을 보며 씨익 웃자 박찬희가 민망해하며 말했다.

"습관이야, 습관."

"역시 육사 출신은 다르십니다."

"너도 4년 동안 생도 생활해 봐라. 이렇게 된다. 그보다 뭐야? 심심해서 놀아달라고 찾아온 건 아닌 것 같고."

역시 육사.

눈치가 빠르다.

대한이 조금 진지해진 표정으로 말했다.

"최동진 대위 있잖습니까."

"동진이? 동진이는 왜?"

"뭔가 좀 이상합니다."

"……응? 무슨 소리야? 동진이가 왜?"

대한이 사무실에서 챙겨 온 서류를 들이밀며 말했다.

"현장 감독 업무하는 중인데 공사 기간도 못 지키고 업무 시간에 현장이 아닌 다른 곳에 가 있습니다."

"흠…… 아직 새로 시작한 지 얼마 안 돼서 그런 게 아닐까?"

"그럴 수도 있긴 합니다만 보고한 내용들을 좀 보십쇼."

특이 사항 없음.

박찬희에게 한 보고의 주된 내용이었다.

공사 기간이 늦어지고 있는 지금 무슨 특이 사항이 있었다면 그러려니 할 텐데 저따위 보고를 올리다니.

'진짜 좋게 생각해서 그럴 수 있다고 치자. 그래도 시설장교로 현장 감독 하고 있으면 어떤 이유라도 만들어서 올려놔야지.'

대한이나 박찬희는 현장에 있었기에 어떤 상황이든 이해해 줄 수 있었다.

하지만 이 서류를 우리만 보나?

그게 아니었다.

어차피 이 서류들은 공개가 될 터.

군은 물론 민간과 관에도 보고를 해야 하는 상황이었다.

박찬희도 비슷한 생각을 하기 시작했는지 미간을 찌푸리며 말했다.

"아직 특이 사항이 없을 수 있을 거라 생각하고 그냥 넘어갔는데 생각해 보니 동진이가 일을 대충하는 것 같네."

대한이 말을 꺼내지 않았다면 한두 달은 그냥 넘어갔을 것이다.

그도 그럴 것이 박찬희에게 다른 업무도 엄청 많았으니까.

현장 진행 상황을 매번 직접 확인했다간 대회를 미뤄야 할 판이었다.

대한이 고개를 끄덕이며 말을 이었다.

"제가 뭐라 할 순 없으니 과장님께서 확인해 주시면 감사하겠습니다."

"내가 신경을 못 썼네. 알겠다."

"과장님 업무 몇 개 주시면 제가 대신 처리하겠습니다."

"하하, 네가 내 업무 할 수 있겠냐? 너도 할 거 많잖아. 슬슬 참가 선수들 숙소 배정이랑 대회 안내도 해야 되고."

"그건 거의 다 해 놓은 상황입니다."

"……뭐? 벌써?"

"예, 와서 안 쉬고 일만 했는데 이 정도는 당연한 거 아니겠습니까?"

박찬희가 대한을 보며 감탄했다.

"아니, 세상에 당연한 게 어딨다고…… 하루 종일 앉아만 있더니 진짜 쉼 없이 일만 했구나?"

"언제 무슨 일이 생길지 모르는데 얼른얼른 해놔야죠."

"좋은 자세다. 그럼 몇 개만 부탁하마."

"내일 인수인계 해 주시면 바로 처리해 보겠습니다."

"일단 내일 현장 갔다 와서 다시 이야기하자. 동진이한테는 티 내지 말고."

대한이 말을 해서 본인의 업무를 검사받는다는 걸 알게 된다면 그도 자존심이 상할 터.

그래도 팀으로 같이 일하는데 같은 팀 기를 죽일 순 없지 않겠나.

대한이 고개를 끄덕이며 답했다.

"예, 알겠습니다."

대한은 현장에 가서 확인해야 할 사항들에 대해 조금 더 대화를 나눈 뒤 방으로 복귀했다.

그리고 다음 날 아침.

　박찬희는 사무실에 출근하자마자 대한에게 업무 몇 개를 알려 주고는 곧장 현장으로 향했다.

✳

　대한은 오전 동안 박찬희의 업무를 최대한 빠르게 처리했다.

　그런데 막상 업무를 받아 보니 그가 하던 것들은 소령이 하기엔 부담이 전부 큰 것들뿐이었다.

　예컨대 군을 대표해서 처리해야 하는 그런 것들 말이다.

　'부담이 좀 됐겠는데?'

　하지만 그럼에도 박찬희가 이런 업무들을 하고 있다는 건 그만큼 군의 인정을 받고 있다는 것 아니겠나?

　그리고 그런 업무를 박찬희가 대한에게 넘긴 걸 보면 박찬희 또한 대한을 인정하고 있다는 뜻.

　덕분에 대한은 기분 좋게 일을 마무리 할 수 있었고 점심시간이 될 때쯤부턴 박찬희를 기다릴 수 있었다.

　이윽고 박찬희의 차가 주차장에 들어왔고 대한을 발견한 박찬희가 운전석에 탑승한 채로 말했다.

　"대한아, 타. 밥 먹으러 가자."

　"예, 알겠습니다."

대한이 박찬희의 차에 올라타며 물었다.

"잘 보고 오셨습니까?"

"일단 식당 가서 이야기하자."

박찬희의 표정이 심상찮다.

근데 이 양반은 공사 현장에 대해 잘 모르는데?

그럼에도 이런 표정인 걸 보면…….

'어지간히 개판이었나 보네.'

대한은 고개를 끄덕이고는 입을 다물었다.

이내 식당에 도착한 두 사람은 예약된 방으로 향했다.

근데 무슨 방씩이나 잡았어?

대한이 박찬희에게 물었다.

"근데 둘이 밥 먹는데 무슨 방씩이나 예약하셨습니까?"

"둘이 먹을 게 아니니까. 같이 이야기해야 할 분이 있다."

"……?"

박찬희가 방문을 열자 익숙한 얼굴이 두 사람을 기다리고 있었다.

현장 소장이었다.

대한이 그를 향해 웃으며 인사했다.

"하하, 잘 지내셨습니까. 소장님."

"하하, 저야 늘 똑같죠. 그런 의미에서 팀장님은 고생 안 하시나 봐요? 어째 얼굴이 더 좋아진 것 같습니다?"

"에이, 아닙니다. 햇빛을 못 봐서 창백해진 겁니다."

부드러운 출발.

사담이 끝날 때쯤 대한이 물었다.

"그나저나 현장 소장님이랑은 무슨 이야기를 하려고 부르셨습니까?"

"인부들 숫자가 안 맞아."

"⋯⋯예?"

"우리 서류에 있는 인건비라면 훨씬 더 많은 사람들이 있어야 하는데 가 보니 사람들이 많이 없더라고. 그래서 현장 소장님한테 조용히 물어봤더니 따로 이야기하자고 하시더라."

대한은 박찬희의 말에 놀라며 현장 소장을 바라봤다.

그러자 현장 소장이 피식 웃으며 말했다.

"팀장님, 제가 말씀드렸잖습니까. 정신 똑바로 차려야 한다고."

"아니, 그게 이런 걸 말씀하시는 건 아니셨잖습니까. 예산 달라고 하는 곳 많다고 정신 차리라고 하신 거 아닙니까?"

"하하, 그러는 인건비는 돈 아닙니까?"

"그건 그렇지만⋯⋯ 인부들은 다 소장님이 담당하시는 거 아닙니까?"

"제가 담당하는 사람들은 다 잘 하고 있죠."

"그게 무슨⋯⋯ 그럼 다른 담당자가 또 있단 말입니까?"

"그 있잖습니까, 가은철강."

"⋯⋯그 이름이 여기서 왜 나옵니까?"

"거기도 인력 지원한다고 따로 떼 주고 있었습니다. 서류에는 안 적혀 있지만 계약할 때 협의된 사항이긴 합니다."

그게 무슨 소리야?

일이 생각보다 심각해지는데?

자재업체에서 무슨 인력을 지원한다는 거야?

대한이 이해하지 못하는 것 같자 현장 소장이 말을 이었다.

"제가 데리고 온 사람들 말고 지역에 있는 분들 투입한다고 그러던데요? 뭐, 국가 담당 사업이니 그럴 수도 있긴 하죠."

"그래도 서류에 안 들어가는 사항이 있으면 안 되지 않습니까."

"급하게 또 바뀌었지 않습니까. 공무원들 하는 일이 그렇죠 뭐."

공무원들 일처리…….

반박은 못 하겠네.

하지만 아무리 그래도 한 곳에서 일을 모두 책임지고 하고 있다면 이런 일이 생기진 않았을 것이다.

하지만 이 대회를 위해 일을 하는 곳은 자그마치 세 곳.

심지어 각자 규모들도 대단했다.

그렇기에 세세한 업무 공유가 힘든 건 사실이었고 그 때문에 이런 일이 생긴 것 같다.

대한이 조용히 한숨을 쉬며 말했다.

"그 가은철강에서 나온 사람들은 어디서 일하고 있습니까?"

"자재 옮기고 있을 겁니다."

"그래도 현장에 있긴 있다는 거 아닙니까?"

"그렇긴 한데…… 자주 보여야 말이지."

"……설마 출근도 안 합니까?"

"캠핑장 부지에 자재 옮기는 일을 며칠 할 건 아니지 않습니까. 하루 이틀 옮기고 또 안 보이던데?"

대한이 미간을 찌푸린 채 박찬희를 바라보자 박찬희도 입에 팔자주름을 만들며 고개를 저었다.

"안 보이더라."

어이가 없네…….

이거 어디서부터 확인을 해야 하는 거지?

대한이 고민에 잠기던 그때. 식사가 나왔고 현장 소장이 숟가락을 들며 말했다.

"순서를 찾으시려는 거면 일단 가은철강부터 가 보시죠. 가신 김에 철근도 잘 한번 확인해 보시고."

"철근은 왜요?"

"롤 마크가 좀 이상해서요."

"롤 마크?"

"예, 원산지 표시 같은 건데 현장에서 보던 거랑 조금 다릅니다. 철근도 좀 가벼운 것 같고요."

철근이 가볍다?

이건 또 무슨 소리야?

철근도 짝퉁이 있나?

그 순간 대한의 머릿속에 과거에 보았던 어느 신문기사가 떠올랐다.

'국내 철강사 롤 마크를 위조하고 철근 함량까지 속여 국내에 유통된 중국산 철근도 있다고 했지.'

중국산 철근이 국내산 철근보다 저렴하다.

제대로 된 걸 사도 저렴한데 함량까지 속였다면 얼마나 저렴해지겠나.

그리고 저렴한 게 문제가 아니었다.

철근은 건축물에 들어가는 것이었기 때문에 안전과 직결되는 문제였다.

'캠핑장에 철근이 들어갈 게 많이 없다고 하더라도 그런 게 들어가는 건 있을 수 없는 일이지.'

고생해서 마무리 해 놓고 욕먹고 싶지 않았다.

그런데 대한이 그걸 본다고 해서 확인할 수 있을까?

대한이 현장 소장에게 물었다.

"제가 확인할 수 있는 겁니까?"

"에이, 못하죠. 전문가 불러야죠."

그래, 짝퉁 철근을 확인할 수 있을 것 같았으면 애초에 그쪽에서 일하고 있겠지.

대한이 고개를 끄덕이며 답했다.

"빨리 확인해 봐야겠네요."

"안 그래도 찜찜해서 아직 철근은 안 쓰고 있었습니다."

"역시…… 든든합니다. 소장님."

"노가다 판에서 굴러먹은 짬밥이 몇 년인데 이 정도는 해야 소장 소리 듣죠. 그리고 이번엔 담당자들이 마음에 들어서 더 열심히 하고 있습니다."

그가 말하는 담당자는 대한과 박찬희였다.

두 사람이 피식 웃자 현장 소장이 말했다.

"얼른 드십쇼. 든든하게 먹어야 일 열심히 하죠."

"아, 예."

세 사람은 서둘러 식사를 마치고 각자 위치로 이동했다.

대한은 박찬희의 차에 올라 말했다.

"과장님, 가은철강 가 보시겠습니까?"

"어, 가 봐야 할 것 같다."

박찬희의 표정이 심상찮다.

그럴 수밖에.

이곳의 책임자는 박찬희였으니까.

'원래도 바빴던 사람인데 더 바빠지겠구만.'

잠시 후, 두 사람은 가은철강 앞에 도착했고 차에서 내려 문을 두드렸다.

점심시간이라 그런지 안에서 아무런 대답이 들려오지 않았고 박찬희가 대한에게 말했다.

"아무도 없나 보다. 다음에 와야겠다."

그러나 대한은 대답 대신 창고에 딸린 문들을 다 밀어 보기 시작했다.

박찬희가 대한을 말리려는 것도 잠시.

드르륵.

잠겨 있지 않은 문 하나를 찾았다.

대한이 박찬희에게 말했다.

"들어가시죠."

"이, 이래도 되냐?"

그 물음에 대한은 그저 웃음으로 대답했고 두 사람은 이내 창고 안으로 들어갔다.

그리고 창고에 들어온 순간 박찬희는 대한이 처음 이곳에 왔던 것처럼 감탄했다.

"와…… 뭔 철근이 이렇게 많아?"

"전 재산을 들여서 투자했답니다."

"아니 근데 이거 이렇게 한 번에 많이 사 두면 다 녹스는 거 아니야?"

"어느 정도 녹이면 상관없는 것으로 알고 있습니다. 뭐, 관리할 자신이 있으니 이만큼 사 둔 것 아니겠습니까?"

"흠, 그런가."

박찬희가 신기하다는 듯 창고를 구경할 때.

대한은 휴대폰을 꺼내 이곳저곳 사진을 찍기 시작했다.

그러자 박찬희가 물었다.

"사진은 왜 찍어?"

"현장 소장님이 말한 거 확인해 봐야죠."

"철강회사들한테 보내려고?"

"그런 큰 회사에서 이런 곳까지 올 것 같진 않고…… 저희 단장님한테 보내 보려고 합니다."

"아, 맞다. 너 공병이지?"

박희재가 엄청난 전문가는 아니더라도 준전문가 정도는 되지 않겠나.

그리고 이 과정에서 박희재에게 기대하는 것도 하나 있었다.

'그래도 공병 대령인데 철강회사 인맥 하나 없겠어?'

먼저 전역한 선배나 동기들 중에 관련된 일을 하고 있는 사람이 분명 있을 것이다.

공병 병과가 장군은 달기 힘든 대신 전역하고 취업은 제일 쉬운 병과였으니까.

대한은 찍은 사진을 박희재에게 바로 전송했다.

그리고 얼른 현장을 나왔다.

몰래 들어온 걸 걸리면 안 되니까.

박찬희의 차를 타고 사무실로 복귀하는 길.

박희재로부터 연락이 왔다.

"충성!"

―이게 다 뭐냐?

"여기 현장 철근 납품 업체인데 철근이 좀 이상한 것 같아서 여쭤보려고 사진 찍어 보냈습니다."

―철근이 이상하다고? 이상해 보이진 않는데?

"현장 소장이 말하는 걸 들어 보니 롤 마크도 이상하고 철근이 묘하게 가볍다고 합니다."

―하하! 롤 마크도 알아? 대한이 너도 공병 다 됐구나?

"하하, 현장에서 많이 배우는 중입니다."

박희재는 웃음을 크게 터트리고는 말을 이었다.

―어디 보자…… 근데 이것만으로는 잘 모르겠는데?

"아, 그렇습니까?"

―직접 봐야 할 것 같은데…… 아닌가 직접 봐도 잘 모르긴 하겠다.

육안으로 구분이 가능했다면 현장 소장도 확실하게 이야기해 줬겠지.

박희재가 현장 경험이 있다고 하더라도 현장 소장보다 많을 순 없을 테니까.

그때, 박희재의 입에서 대한이 기대하던 말이 나왔다.

―대한아, 좀 기다려 봐라. 동기 놈한테 물어보고 다시 연락주마.

역시.

전문가를 알고 있을 줄 알았다.

대한이 씨익 웃으며 답했다.

"예, 알겠습니다!"

─이거 저번에 와서 이야기한 그거랑 관련 있는 거지?

"예, 맞습니다."

─흠, 만약 이게 짝퉁 철근이라면 스케일이 엄청 커질 것 같네. 하여튼 자식이 이런 쪽으론 참 감이 좋아.

"그래서 최대한 아니길 바라고 있습니다."

─그래, 그래야지. 일단 기다리고 있어라.

감이 좋은 것과 별개로 대한은 진심으로 아니길 바라고 있었다.

만약 이게 진짜 짝퉁이라면 공사도 지연이었으니까.

'당장 대회를 앞둔 마당에 공사 지연이라니.'

있을 수 없는 일이었다.

그리고 더 큰 문제는.

'최동진 이 자식은 대체 뭐 하는 놈이야?'

상황이 이렇게 돌아가는데 나한테 이런 식으로 행동했다고?

그때, 박찬희가 대한에게 말했다.

"대한아. 혹시나 해서 하는 말인데 여기에 동진이가 연루된 건 아니겠지?"

"그건…… 저도 잘 모르겠습니다."

"제발 그건 아니어야 할 텐데…… 만약 엮여 있으면 스케일 엄청 커진다. 군 이미지를 제대로 깎아 먹는 짓이야."

"조금이라도 연루되어 있으면 엄청나게 깎아 먹을 겁니다."

"그렇겠지…… 하, 근데 진짜 아니겠지. 이놈이 뭐 여기 오고 싶어서 온 것도 아니고 위에서 가라고 해서 온 건데 미리 나쁜 마음먹고 있던 건 아닐 거 아냐."

대한도 박찬희와 같은 생각이었다.

어차피 본인이 오고 싶어서 온 곳도 아니다.

그런 상황에 안면을 튼 지 얼마 되지도 않는 서준모와 무슨 일을 공모하고 있었다고 생각하진 않았다.

'그래도 사람 일 모르는 거지.'

마음만 맞다면 무슨 일을 벌여도 벌이는 게 사람 아니겠나.

최대한 편견 없이 모든 걸 확인을 해 봐야 하는 상황이었다.

"빨리 확인하고 아니라면 제대로 사과해야죠."

"그래야겠지."

두 사람은 곧장 사무실로 복귀해 조용히 업무에 집중했다.

대한은 박희재의 연락을 기다리고 있었지만 그날 박희재의 연락은 없었다.

그러나 다음 날.

사무실로 출근한 대한은 주차장에서 굉장히 익숙한 차량 하나를 발견할 수 있었다.

그때 운전석 창문이 내려가며 반가운 얼굴이 나타났다.

"대한아!"

"다, 단장님? 아, 아니 충성!"
"하하, 요건 몰랐지?"
정말 박희재였다.

Chapter 2

박희재가 대한을 돕기 위해 직접 문경까지 온 것.

대한이 감동한 목소리로 말했다.

"전화로 말씀해 주셔도 되는데…… 아침부터 오느라 피곤하시지 않습니까."

"아침인데 뭐가 피곤하냐? 아끼는 부하 놈 고생하고 있는 곳 오는데 즐겁게 왔다."

"하하, 감사합니다. 그나저나 사진으로 뭐 알 수 있었습니까?"

"아니, 사진으로 봐선 모른다고 하더라."

"아, 그래서 직접 확인하러 오신 겁니까?"

"어, 근데 내가 확인하는 건 아니고 동기 놈이 할 거다."

대한이 놀라며 물었다.

"동기분이 여기로 오신답니까?"

"내가 부르는 데 와야지."

"……역시 단장님이십니다."

"하하, 장난이고 철강회사에서 그런 일 하는 놈이야. 짝퉁 철근들 잡으러 다니는 일 하는데 당연히 와야지."

"그런 일을 하는 부서도 있습니까?"

"당연히 있지. 회사에 큰 피해를 입히는 일 아니냐. 최대한 방어해야지."

위조라 의심을 할 수 있는 상황이 있다는 것만 해도 철강회사 입장에서는 다행이었다.

롤 마크를 위조한 철근이 본인들의 회사에서 만든 제품이라고 들어갔는데 사고라도 나는 날에는 다 본인들이 책임져야 할 수도 있었다.

그러니 이런 신고를 반가워할 수밖에 없는 상황.

물론 이런 신고 자체가 많은 것은 아니었다.

그도 그럴 것이 현장에서 누가 눈앞에 있는 철근이 짝퉁 철근이라 의심하겠는가.

'일하기 바쁘지. 현장 소장이 특이한 거야.'

꼼꼼한 현장 소장 덕에 불법을 바로잡을 기회가 생긴 것.

박희재의 인맥을 기다리던 대한이 그에게 물었다.

"그런데 만약 짝퉁이 아니면 어떻게 합니까? 헛수고하게 만드는 것 아닙니까?"

"짝퉁 아니면 더 좋지. 놀러 나오는 거잖아."

"아……."

그래.

사무실에 앉아 있는 것보단 출장이 좋긴 하지.

대한이 피식 웃자 박희재가 대한의 어깨를 두드려 주었다.

"파견 나와서 이것저것 고생이 많다. 내가 부른 놈은 내가 알아서 걱정할 테니 넌 그런 걱정하지 마라."

"예, 알겠습니다."

"같이 있다는 지원과장은 어디 있냐?"

"바로 연락해 보겠습니다."

대한은 곧장 박찬희에게 연락을 했다.

박찬희는 대한과 비슷하게 출근을 해 왔기에 사무실에 거의 다 도착한 상황이었다.

이내 주차장으로 박찬희의 차량이 들어왔고 박찬희가 서둘러 내려 박희재에게 경례했다.

"충성!"

"어, 충성. 반갑다. 공병단장이다."

"소령 박찬희! 반갑습니다."

"파견 와서 고생이 많다. 대한이가 방해하고 그런 건 없지?"

"예, 없습니다. 김 중위 덕분에 편하게 일하는 중입니다."

"하하, 잘 쓰고 돌려줘야 한다. 내가 제일 아끼는 놈이야."

"예, 걱정 마십쇼!"

든든하구만.

대한이 씨익 웃자 박찬희가 대한을 부럽다는 듯 바라봤다.

대한은 박찬희의 표정이 이해가 되었다.

'이렇게 챙겨 주는 상급자가 또 어디 있겠냐.'

대한의 어깨가 점점 올라가고 있을 때 주차장으로 고급 승용차 한 대가 들어왔다.

그러자 박희재가 혀를 차며 말했다.

"새끼…… 전역하더니 차 좋은 거 뽑았네."

박희재가 곧장 차를 향해 다가갔고 차에서 내린 중년의 남자가 박희재에게 웃으며 말했다.

"잘 있었냐?"

"잘 있었지. 대령 계급 안 보이냐?"

"나처럼 일찍 나오라니까…… 괜히 버티다가 진급해서 뭔 고생이냐?"

"그렇다고 연금 받을 수 있을 때 바로 나가는 건 좀 치사하지 않냐?"

대한은 두 사람의 대화를 들으며 최선을 다해 웃음을 참았다.

'나이 먹어도 똑같이 노는구나.'

박찬희도 대한과 마찬가지로 최선을 다해 표정 관리를 하는 중이었다.

두 사람은 짧게 인사를 나눈 뒤 대한에게 다가왔다.

"이쁘다는 중위가 이 친구야?"

"중위 김대한."

"하하, 민간인 아저씨한테 무슨 관등성명이야. 반가워."

박희재의 동기는 대한에게 명함을 건넸다.

조선철강 법무 팀 김도한.

생각했던 것보다 더 짱짱한 인맥이었다.

김도한은 박찬희에게도 인사를 한 뒤 박희재에게 말했다.

"바로 갈 거지?"

"어, 네 차로 가자."

"……왜 내 차로 가냐?"

"나도 좋은 차 타 보자. 왜."

"하…… 세차한 지 얼마 안 됐는데. 발 잘 털고 타라."

"참나, 깔끔 떨기는."

두 사람이 장난을 치는 사이 박찬희가 대한에게 물었다.

"나도 따라가는 건가?"

"가셔야 하지 않겠습니까?"

"후, 그래. 일단 가 보자."

대한과 박찬희는 아침부터 예정에 없던 계획에 정신이 없었다.

김도한의 차에 탄 대한 일행은 곧장 가은철강으로 향했다.

그렇게 가은철강으로 이동하는 길에 김도한이 대한에게 물었다.

"그나저나 그쪽 사장한테는 연락했어?"

"이렇게 오실 줄 몰라서 아직 연락 못 드렸습니다. 지금 연락드립니까?"

"아, 아니. 연락하지 말라고 하려고 했지. 잘했다."

김도한이 철근을 확인하는 데 있어 서준모는 필요가 없는 사람이었다.

그도 그럴 것이 만약 짝퉁 철근이라면 서준모가 하는 말은 전부 변명밖에 되지 않을 테니까.

잠시 후, 대한 일행은 가은철강 앞에 도착했다.

김도한은 창고를 보고는 곧장 문으로 향했다.

그러고는 문이 잠긴 것을 확인하고는 대한과 마찬가지로 문을 다 열어 보기 시작했다.

박찬희가 대한에게 물었다.

"너도 저분한테 배운 거냐?"

"……아닙니다. 초면입니다."

이내 김도한은 어제 대한이 열었던 문을 그대로 열고 창고 안으로 들어갔다.

대한은 그의 뒷모습을 가만히 바라보다가 담배를 피우는 박희재에게 물었다.

"공병 출신으로 전역하셔서 어떻게 법무 팀으로 빠지신 겁니까?"

"응? 누가 공병 출신이래?"

"아, 아닙니까?"

"어, 저놈 헌병이었어."

"아⋯⋯."

그렇다면 법무 팀에 간 것이 이해가 되었다.

'철강 회사에 들어갔다고 해서 당연히 공병인 줄 알았더만.'

그는 공병 동기가 아닌 학군단 동기인 인물이었다.

헌병으로서 더 이상 진급이 안 될 것으로 판단하고는 일찍이 사회로 진출을 한 상태.

대한은 박희재가 담배를 다 피울 때까지 기다렸다가 창고로 들어갔다.

김도한은 미간을 잔뜩 찌푸린 채 철근을 유심히 살피는 중이었다.

박희재가 그에게 물었다.

"왜, 잘 모르겠냐?"

"⋯⋯이거 우리 롤 마크가 맞는데?"

"그럼 짝퉁 아니란 거 아니야?"

"그렇겠지. 근데 우린 여기에 철근을 판 적이 없단 말이지."

"응?"

김도한이 팔짱을 낀 채 주변을 둘러보며 말했다.

"이렇게 많은 철근을 사간 업체라면 우리가 알고 있어야 하는데 전혀 처음 듣는 곳이야. 내가 어제 혹시 몰라서 확인해 봤는데 우리 쪽이랑 거래한 적이 없는 업체야."

"중고 철근을 샀을 수도 있잖아?"

"이렇게 많은 중고 철근을 굳이 우리 회사 거로만 모은다고?"

"좀 그런가?"

"가능은 할 수 있는데 힘든 일이지."

김도한은 창고 구석에 있는 작은 철근 하나를 집어 들었다.

"일단 나가자. 여기서 해야 할 일은 끝났다."

"벌써?"

"어, 뭘 더해?"

"이럴 거면 사진으로 확인하는 거랑 뭐가 다르냐?"

박희재가 어이없다는 듯 묻자 김도한이 철근을 들고 말했다.

"이거 챙겼잖아."

"그거 가져가려고?"

"우리 게 맞는지 검사해 봐야지."

"아……."

가져간다면 바로 확인이 가능하지.

그나저나 주인한테 말없이 이래도 되나?

'거의 도둑인데?'

대한이 고개를 갸웃거리던 그때.

김도한이 주머니에서 지갑을 꺼내 현금을 철근에 올려놓았다.

"이거 절도 아니다. 결제했어."

아하.

이렇게 또 하나 배우네.

대한은 카드가 아닌 현금도 챙겨 다녀야겠다고 생각했다.

박희재가 김도한을 향해 피식 웃으며 말했다.

"확실하구만."

"프로잖아. 가자. 아침 사 줄게."

김도한은 근처 식당으로 이동해 군인 세 명에게 든든하게 밥을 먹였다.

그러고는 주차장에 세 사람을 떨어뜨려 주고는 곧장 회사로 복귀했다.

당장 공사가 진행되어야 하는 현장에 피해가 가지 않도록 최대한 빨리 처리해 줄 생각인 것 같았다.

김도한을 배웅한 뒤 세 사람은 사무실로 들어갔다.

대한은 이때다 싶어 박희재에게 모든 서류들을 보여 주며 검토를 받았다.

박희재는 기겁했지만 그래도 부하 놈 요청이라 어쩔 수 없이 서류를 확인했는데 서류 확인으로 오전을 다 보낼 때쯤 박희재가 마지막 서류를 책상에 던지며 말했다.

"이놈아, 잘하고 있으면서 뭔 또 검사를 받겠다고 그래? 다 문제없잖아!"

"그래도 제가 보는 거랑 단장님이 보는 건 다르지 않습니까."

"얼씨구 말은. 네가 보는 거랑 내가 보는 거랑 별 차이 없어. 그냥 너 하고 싶은 대로 하면 돼."

"하하, 알겠습니다."

"어우 뻐근해라. 됐고, 좀 있다가 캠핑장 쪽이나 같이 가 보자. 어떻게 하고 있는지 봐줄 테니까."

"예, 알겠습니다."

역시 박희재.

참 든든하다.

대한은 종종 박희재를 이쪽으로 불러야겠다는 생각이 들었다.

그리고 얼마 뒤, 점심식사를 하고 박희재와 함께 캠핑장을 향하려던 그때, 김도한에게 전화가 왔다.

박희재가 장난스럽게 그의 전화를 받는 것도 잠시 이내 심각한 표정으로 답하고는 전화를 끊었다.

대한이 조심스럽게 물었다.

"뭐라고 십니까?"

"짝퉁이라네. 지금 다시 이쪽으로 온단다. 그쪽 사장 번호 좀 보내 달래."

이야.

사쿠라네?

설마설마 했더니 정말로 부실공사가 일어나고 있었던 것.

대한은 얼른 서준모의 번호를 보내 주며 말했다.

"단장님, 아무래도 캠핑장은 나중에 가 보셔야 할 것 같습니다."

"그래야 될 것 같다. 에이씨, 좋다 말았네. 일단 담당자들부터 다 불러라. 그 사장 놈은 부르지 말고."

"예, 알겠습니다."

"사무실로 들어가자."

마침 박희재가 있을 때 모든 게 밝혀져서 참 다행이라고 생각했다.

중위보단 대령이 훨씬 더 잘 먹힐 테니까.

대한과 박희재가 사무실로 들어가자 박찬희가 대한에게 물었다.

"캠핑장 안 갔어?"

"거기 갈 상황이 아닙니다."

"왜, 뭔데? 무섭게 왜 그래?"

"가은철강에 있던 철근들 다 짝퉁이랍니다."

"뭐?"

"담당자들 다 부르셔야 할 것 같습니다. 일단 회의장으로 가 있겠습니다."

"아, 어. 바로 연락 돌려놓을게."

대한과 박희재는 회의장에 앉아 수첩을 펼친 채 조용히 생각에 잠겼다.

이 상황을 어떻게 해결해야 할지 각자의 경험들을 모두 꺼내 가장 알맞은 대응을 떠올리는 중이었다.

'일단 보고부터 해야겠지.'

선조치를 할 수 있는 게 없는 상황이었다.

그렇다면 보고를 해서 명령을 기다려야겠지.

대한은 휴대폰을 꺼내 김현식에게 전화를 걸었다.

"충성!"

—어, 김 팀장. 무슨 일이야.

"보고드릴 사항이 있어 연락드렸습니다."

—그래, 보고해 봐.

"철근을 납품하는 업체에서 짝퉁 철근을 납품하고 있다는 사실을 발견했습니다. 일단 담당자들한테 현 상황을 전달하기 위해 소집을 한 상황입니다."

—······뭐?

대한이 김현식에게 다시 설명을 해 주었고 김현식은 잠시 침묵했다.

대한은 그의 침묵을 기다렸고 긴 장고 끝에 김현식이 다시 입을 열었다.

—1시간만 기다려라.

"예, 알겠습니다."

김현식도 대응책을 마련할 시간이 필요할 터.

마침 이 건물에 없는 담당자들이 다 모이려면 딱 그 정도 시간은 걸릴 것 같았다.

아니, 1시간이면 오히려 빠른 편.

그 사이 대한은 사무실에서 모든 서류들을 챙겨 회의장으로 옮겨 왔다.

그로부터 1시간 뒤, 회의장에 모든 담당자들이 모였다.

대한이 자리에서 일어나 현 상황을 알리기 위해 입을 열려고 하던 그때.

푸다다다다다!

엄청난 굉음.

그 소리는 다름 아닌 헬기 소리였다.

잘못 들은 게 아니었다.

정말 헬기였다.

이 정도 굉음을 낼 수 있는 건 헬기밖에 없을 뿐더러 무엇보다도…….

"……미친."

창밖에 보이는 저것.

저건 누가 봐도 헬기였다.

대한이 반쯤 벌어진 입을 황급히 닫으며 말했다.

"다, 단장님. 브, 블랙호크입니다."

"나, 나도 보고 있다. 근데 저게 왜 여기에……?"

"……아까 제가 차장님께 드린 연락 때문인 것 같습니다."

"……?"

정말 그것 때문이라고?

그리 반문하려던 찰나, 박희재는 조용히 고개를 끄덕였다.

그래, 그것 말고는 없겠지.

그게 아니고서야 여기에 블랙호크가 왜 뜨겠어?

그래서일까?

상황 전달을 받으려고 모인 사람들을 뒤로한 채 박희재가 조용히 자리에서 일어나며 말했다.

"……얼른 가자."

"예!"

그의 말에 대한과 박찬희가 서둘러 박희재를 따라나섰고 나머지 사람들은 이게 무슨 상황인가 그저 입을 벌릴 뿐이었다.

이윽고 세 사람은 곧장 옥상에 있는 헬기장으로 향했고 세 사람이 도착함과 동시에 블랙호크 또한 헬기장에 착륙했다.

콰과과과과과!!

코앞에서 저 소릴 듣고 있자니 무슨 태풍이라도 부는 것 같다.

이내 헬기의 문이 열리고 김현식이 나오길 기다렸다.

그런데 헬기 안에서 모습을 드러낸 건 김현식이 아닌 전혀 처음 보는 인물이었다.

하지만 그게 중요할까?

그가 누구든 간에 그가 갖고 있는 계급장이 중요하지.

그는 무려 준장이었다.

놀란 박희재가 그에게 경례를 올리려는 순간, 먼저 나온 준장을 따라 뒤이어 김현식도 모습을 드러냈다.

김현식을 본 박희재가 얼른 경례를 올렸다.

"부대 차렷!! 참모차장님께 대하여 경례!!"

"충성!!"

헬기 소음 따윈 문제도 되지 않을 만큼 목청이 터져라 경례했다.

그러자 김현식도 흡족함에 고개를 끄덕이며 박희재에게 손을 내밀었다.

"공병단장!!"

"반갑다. 근데 처음 보는 자리가 이런 자리라 꽤나 유감이구만."

"아닙니다!"

김현식은 박희재의 어깨를 두드려 준 뒤 대한을 바라봤다.

"더 일찍 오려고 했는데 좀 늦었다."

"아닙니다!!"

1시간만 기다리라길래 대응책이라도 꾸리려는 줄 알았더니 헬기 타고 오느라 늦은 거였어?

아니, 대응책이라면 대응책이긴 했다.

군대에서 별만큼 확실한 만능 솔루션도 없긴 하니까.

김현식이 뒤에 있는 준장을 흘끔 바라보며 말했다.

"그래도 이해 좀 해 줘. 저 친구랑 같이 온다고 늦은 거니까. 그나저나 회의 중이었나?"

"막 시작하려던 참이었습니다! 바로 내려가시면 됩니다!"

"그래, 그래, 일단 회의부터 한 다음에 마저 이야기하자꾸나."

대한은 두 사람을 회의장으로 안내했다.

그와 동시에 회의장으로 향하는 동안 두 사람에게 간단하게 상황을 브리핑했고 잠시 후, 김현식이 회의장으로 들어가자 회의장에 앉아 있던 사람들 모두가 놀란 눈으로 그를 쳐다봤다.

민간인들이 보기에도 장군은 실로 놀라운 사람들이었으니까.

김현식은 자리에 앉아 있는 자들을 슥 훑어보더니 자연스럽게 상석으로 향했다.

대한은 준장을 본인의 자리에 앉히고는 조용히 옆자리에 앉았다.

김현식이 자리에 앉으며 말했다.

"처음 뵙겠습니다. 김현식 중장입니다."

자리에 앉은 모든 이들이 어떠한 반응도 하지 않았다.

현 상황이 박수를 칠 만한 상황도 아니었고 그렇다고 누가 대표해서 인사를 할 사람도 없었으니까.

김현식도 그 사실을 알기에 별말 않고 바로 말을 이었다.

"대회지원팀장이 부른 자리라고 알고 오셨을 텐데 제가 회의를 진행하게 된 점 양해의 말씀드립니다."

담당자들이 조용히 고개를 끄덕였다.

김현식은 담당자들의 반응을 살피고는 재차 말을 이었다.

"상황들은 들으셨습니까?"

"그게 아직……."

"아, 그러셨군요. 뭐 해, 얼른 설명 안 드리고."

"예, 알겠습니다."

담당자들한테 설명하려던 차에 김현식이 와서 설명을 못 했다.

대한은 얼른 약식으로 설명했고 그들은 그제서야 사태의 심각성을 깨닫고 두 눈이 휘둥그레 커졌다.

대한의 설명이 끝나자 김현식이 말했다.

"이제 막 모이셔서 아직 대응책도 못 꾸리셨을 거라 생각합니다. 그래서 말인데, 제가 도움을 좀 드릴 테니 각자 맡은 일에서 책임져야 할 상황만 확인해서 준비하세요."

애초에 이들에게 대응책 같은 건 기대도 안 했다.

별로 시킬 생각도 없었고.

그도 그럴 게 이런 대응은 본인 혹은 본인과 동등한 위치에 있는 인물이 해야 하는 것.

예컨대 문경시장이라든가 말이다.

그래서일까?

담당자들은 책임이라는 말에 표정이 무거워졌다.

김현식이 그들의 표정을 살피고는 말을 이었다.

"혹시나 해서 말씀드리는 건데 어떻게 해야 책임을 안 질 수 있을지 고민하는 건 별로 좋은 생각이 아니란 것만 말씀드리겠습니다."

본능적으로 책임을 회피하고 싶을 것이다.

그래서 사전에 압박을 넣었다.

안 그럼 남 탓하기 바쁜 게 사람 심리였으니까.

물론 김현식의 목소리에서 강압적인 느낌은 들지 않았다.

하지만 목소리만 부드러울 뿐, 눈치가 있다면 다들 김현식이 분노를 참고 있다는 걸 잘 알고 있을 터.

옆에 있는 대한도 그의 분노를 느끼고 있기에 조용히 침묵을 지켰다.

'피바람이 불겠군.'

화려한 칼춤이 이어질 것이다.

당연했다.

다른 사람도 아니고 자신이 직접 신경 쓰고 있는 대회에서 일어난 일이었으니까.

잠시 후, 담당자들이 서둘러 회의장을 빠져나갔고 회의장에는 군복을 입은 이들만이 남았다.

김현식이 미간을 잔뜩 찌푸린 채 박찬희를 가리키며 말했다.

"지원과장."

"소령 박찬희!"

박찬희는 우렁차게 관등성명을 대고는 김현식의 눈치를 살폈다.

타이밍상 그가 혼날 차례였으니까.

마음의 준비가 다 되어 있다 하더라도 중장에게 혼나는 것이기에 떨리는 게 당연했다.

'그래도 살짝 억울하긴 하겠네.'

대한이 본 박찬희는 일을 아주 열심히 잘 하는 군인이었다.

이건 관리의 소홀이라기보다는 재해에 가까운 것.

그래도 상급자 입장에서는 그가 이런 것도 막아 줬으면 하는 마음이 있었을 것이다.

대한 또한 같이 일을 하고 있었던 상황이었기에 자세를 고쳐 앉으며 김현식의 말을 기다렸다.

그때, 김현식이 찌푸린 미간 그대로 물었다.

"넌 이번 일에 대해서 떳떳해?"

"……"

말이 없는 박찬희.

그럴 수밖에.

떳떳하냐는 물음에는 여러 가지 의미를 가질 수 있었으니까.

'박찬희한테 이번 건에 대한 직접적인 잘못은 없지만 제대로 체크하지 않았다는 것에 대한 책임을 물려면 얼마든지 물 수 있으니……'

그렇기에 박찬희는 잠시 고민하더니 고개를 떨어뜨리며 대답했다.

"……죄송합니다."

"뭐야? 그럼 너도 해쳐 먹은 거야?!"

"아, 아니 그런 게 아니고 제가 미리 확인하지 못하고 대비하지 못한 것에 대한……."

"무슨 소릴 하는 거야? 너도 여기서 해 처먹은 게 있냐고."

"아, 아닙니다!"

"뭐 받아먹은 것도 없고?"

"저, 절대 없습니다. 제가 어떻게 감히 그런 생각을 할 수 있겠습니까?"

"그럼 됐어. 고생했다."

"자, 잘못 들었습니다?"

"고생했다고. 사기꾼이 작정하고 사기 치려 드는데 너라고 어떻게 미리 알 수 있었겠냐. 안 그래?"

"……아닙니다."

"아니긴, 자식이…… 너만 떳떳하면 됐어. 그러니 너무 죄인처럼 머리 숙이고 있지 마."

김현식의 말에 순간 주변 사람들 모두 눈이 휘둥그레 커졌다.

불호령이 떨어질 줄 알았던 그의 입에서 전혀 뜻밖의 말이 나왔으니까.

'이야…… 괜히 중장이 아니구나…….'

대한은 감탄했다.

솔직히 엄청 혼낼 줄 알았다.

보통 이런 분위기에서 부하에게 고생했다고 말할 수 있는 장군…… 아니, 사람 자체가 드물었으니까.

김현식은 박찬희에 이어 대한에게도 말했다.

"지원팀장아 너도 고생했다. 덕분에 뒤늦게라도 이런 일이 있다는 걸 알게 돼서 참 다행이다."

"감사합니다!"

대한의 씩씩한 대답에 김현식이 웃으며 입을 열었다.

"둘 다 파견 나와서 이렇게까지 열심히 일해 주는 걸 보니 아주 기특하구나. 그런 의미에서 지원과장아."

"예, 차장님!"

"앞으로 대회 마무리할 때까지 신경 쓸 거 많을 텐데 무슨 일 생기면 김 팀장처럼 나한테 바로바로 보고해."

"예, 알겠습니다!"

"오케이."

좋게 마무리됐다.

만약 상황이 최악으로 치달았으면 두 사람 다 이곳을 떠나야 했을 터.

하지만 그런 일은 일어나지 않았고 덕분에 김현식에 대한 신뢰만 무한하게 상승했다.

특히 박찬희에게 불이익 없이 끝난 것이 대한으로선 가장 다행이었다.

'같이 고생했는데 어떻게든 같이 마무리해야지.'

이어서 김현식이 자리에서 일어나며 대한에게 말했다.

"김 팀장, 시장실이 어디야?"

"제가 안내해 드리겠습니다."

"그래, 내가 급하게 온다고 부관을 놔두고 왔으니 김 팀장이 오늘 하루 일일 부관해라."

장군들 부관 자리를 그렇게 거절했건만 이렇게 부관을 하게 되네.

하지만 오늘만큼은 너무나도 하고 싶었다.

대한이 씨익 웃으며 답했다.

"예, 알겠습니다."

뒤이어 김현식이 박희재에게 물었다.

"공병단장은 언제 복귀해야 하나?"

"상황이 좀 정리되면 복귀하겠습니다."

"괜찮겠어?"

"저 하나 자리 비운다고 부대가 안 굴러가진 않습니다."

"든든하네. 그럼 자네랑 지원과장은 헌병실장이랑 같이 일 좀 하고 있게. 난 시장 좀 만나고 올 테니."

"……예, 알겠습니다."

대답하는 박희재의 눈이 조금 커졌다.

대한도 마찬가지였다.

같이 온 준장의 정체를 이제서야 알게 되었기 때문이다.

'헌병실장이라니 세상에…….'

헌병실장이라 함은 헌병 병과의 넘버 투.

육군의 넘버 투가 데리고 온 군인이라 그런지 상상을 초월하는 인물을 데리고 왔다.

두 사람이 놀란 눈으로 헌병실장을 살피자 헌병실장 이경우가 피식 웃으며 말했다.

"왜 그렇게 놀라?"

"아, 아닙니다."

"그냥 조사하러 온 대위라고 생각해. 일이나 제대로 하자고."

준장 보고 어떻게 대위라고 생각합니까.

그나저나 그냥 스타도 아니고 헌병실장이면 이만한 대응책도 없을 터.

'생각보다 일이 더 빨리 끝날 수도 있겠군.'

대한은 김현식을 모시고 바로 시장실로 향했다.

이어 대한이 문을 두드리려던 찰나, 김현식이 말했다.

"비켜, 내가 할 테니."

"그럼 전 밖에서 기다리고 있겠습니다."

"굳이? 그냥 따라와."

엥? 나도?

내가 낄 자리가 맞나?

그러나 대한의 의문이 해소되기도 전에 김현식은 시장실 문을 두드리고 바로 열었고 구지환 시장은 김현식을 보자마자 자리에서 바로 일어나 빠르게 다가왔다.

"기다리고 있었습니다. 구지환이라고 합니다."

"김현식 중장입니다. 반갑습니다."

두 사람은 가볍게 악수를 나누고는 자리에 앉았다.

대한 또한 뻘쭘하게 김현식의 옆에 앉았다.

구지환이 김현식에게 말했다.

"연락받고 제 나름대로 확인하고 있었습니다만 아직 완벽히 파악은 못 한 상황입니다."

"시간이 얼마 없었으니 충분히 이해합니다. 저희도 이 친구가 파악한 내용이 전부입니다."

김현식은 대한의 전화를 받자마자 구지환에게 연락을 한 상황이었는데 어찌 보면 당연했다.

총책임자가 대화하러 오는데 급이 맞는 사람이 나서야 하지 않겠나.

그렇기에 바로 문을 열고 들어간 게 이해가 됐다.

'그 짧은 시간 동안 할 건 다 하고 왔네.'

사실 대한은 김현식이 온 걸 보자마자 구지환에게 연락하려고 했다.

바로 회의를 하는 바람에 연락을 못 하긴 했지만 아마 혼자 있을 시간이 있었다면 김현식이 왔다고 연락을 했을 터.

'괜히 참모차장 체면만 구길 뻔했네.'

괜히 참모차장이 아니었다.

구지환이 대한을 보며 물었다.

"김 팀장님, 파악하신 거 저한테도 설명해 줄 수 있으신가요?"

"예, 바로 말씀드리겠습니다."

대한이 구지환에게 파악한 것들을 설명했다.

대한의 설명을 들은 구지환이 깊은 한숨을 내쉬었다.

이어지는 마른세수.

얼마간 침묵을 유지하던 구지환이 천천히 입을 열었다.

"하…… 아주 작정을 하고 일을 벌인 것 같네요."

"아무래도 그런 것 같습니다."

"조선철강 쪽에서는 어떻게 처리한다고 합니까?"

"짝퉁 철근인 것을 확인하고 회사에서 출발한다고 했으니 지금쯤 문경에 도착했을 것 같습니다. 일단 처리되는 걸 확인하는 대로 바로 보고드리겠습니다."

지금 제일 정신없는 곳은 조선철강일 것이다.

그도 그럴 게 짝퉁 철근을 여기에서만 사용했을 리는 없을 테니까.

'짝퉁 철근을 가은철강 혼자서 수입해 왔을 리가 없잖아.'

아무리 가은철강에 쌓여 있는 철근이 많다고 했지만 한번 수입해 올 때 그 정도만 수입해 올 리가 없었다.

가은철강이 가지고 있는 철근에 최소 몇 배. 아니, 몇십 배는 가지고 와야 단가가 나오지 않겠나.

그 말은 가은철강도 다른 곳에서 구매를 했다는 것.

여기가 아닌 어딘가에서 또 짝퉁 철근이 사용되고 있다는 말이었다.

그러니 조선철강 입장에서 대응해야 될 게 한두 개가 아니었다.

구지환이 고개를 끄덕이며 답했다.

"그럼 부탁 좀 드리겠습니다."

"당연히 해야 할 일인데 편하게 말씀해 주시면 됩니다."

"그렇게 말씀해 주시니 감사합니다."

심각한 상황임에도 대한의 말에 구지환은 엷은 미소를 지을 수 있었다.

김현식이 대한을 흡족하게 바라보고는 입을 열었다.

"조금 전 담당자들한테 각자 어떤 책임이 있는지 확인하라고 했습니다."

"하, 네. 당연히 처벌해야죠. 제가 할 일을 대신해 주셨네요."

"제가 할 일이기도 하니까요."

"저도 따로 확인해 보고 담당자들을 확실하게 처벌하겠습니다."

"그렇게 말씀하시니 든든하긴 하네요."

두 사람은 미소를 주고받으며 편한 분위기를 만들었다.

이렇게 이 자리가 끝이 나나 싶은 것도 잠시.

김현식이 구지환에게 말했다.

"저는 이번 사건에 있어서 군도 확실히 책임을 질 생각입니다."

김현식의 말에 대한은 자세를 바로잡았다.

아까와는 조금 달라진 분위기.

김현식의 말에 구지환 역시 미소를 지운 채 되물었다.

"군에서 책임을 지신다는 게 어떤 식으로 책임을 지신다는 것인지……."

"어느 조직이건 간에 최종승인권자가 승인해야 일이 진행되는 것 아니겠습니까?"

"……예, 그렇습니다만?"

"최종승인권자가 제대로 확인 못 한 게 있으면 그에 따른 책임을 져야 되지 않겠냐는 말입니다."

아.

대한은 그제서야 김현식의 의도를 알아차릴 수 있었다.

'그래서 아까 담당자들한테 각자 책임질 사항들을 파악하라고 한 거구나.'

아무래도 김현식은 이번 사건에 군 생활을 걸어 버린 듯 했다.

그게 아니고서야 시장한테 저렇게 말할 수 있을 리는 없을 테니까.

'애초에 마음을 먹고 온 거야. 그래서 박찬희한테도 그렇게 친절했던 거였고.'

물론 사람 자체가 좋은 사람이란 건 안다.

하지만 이제 와서 보니 이미 마음 정리를 끝낸 사람 같았다.

그래서 더 이해가 되지 않았다.

'욕심이 없는 양반인가?'

중령이나 대령도 아니고 무려 중장이다.

이제 곧 대장까지 넘볼 수 있는 사람이 어떻게 이런 결정을 내릴 수가 있는 거지?

대한은 새삼스레 그의 배포에 감탄하지 않을 수가 없었다.

이것은 그야말로 바람직한 상급자의 표본.

그때 구지환이 씩 웃으며 말했다.

"맞는 말씀이십니다. 사실 이런 일이 발생하면 책임지라고 있는 게 최종승인권자죠. 이번 사태에 대한 책임, 확실하게 지겠습니다."

"……!"

대한의 눈이 휘둥그레 커졌다.

아니, 이 양반은 왜 또 이래?

당신도 이런 사람이었어?

대한은 폭풍처럼 흘러가는 대화 속에 정신이 혼미해져 갔다.

구지환의 시원한 대답에 김현식도 그제야 웃으며 말했다.

"예, 사실 밑에 사람들이 무슨 죄가 있겠습니까. 위에서 더 꼼꼼히 살폈어야 하는 건데. 책임질 수 있는 사람들만 지는 게 낫지 않겠습니까."

"하하! 그렇게 돌려 말씀하시지 않으셔도 됩니다. 애먼 실무자들이 처벌받지 않았으면 하시는 것 같은데 그럴 일 없게 잘 처리하겠습니다."

"하하, 예, 감사합니다."

이게 진짜 어른들의 대화인 건가.

대한은 두 사람의 대화에서 많은 걸 느꼈다.

사실 책임을 물으려면 모든 실무자들에게 물릴 수도 있는 것일 진데 두 사람은 굳이 그러지 않았다.

자리에 걸맞은 책임.

그게 그들이 생각하는 진짜 어른이었으니까.

분위기가 다시 부드러워질 때쯤 구지환이 물을 한 모금 마시며 말했다.

"허허, 그나저나 이런 분이 군대에 이렇게 높은 계급으로 있다는 게 참 신기하네요. 아니면 요즘 군대가 바뀐 걸까요? 제가 겪었던 군대랑은 참 많이 다른 것 같습니다."

"하하, 군은 계속해서 발전해 나가고 있습니다. 그리고 저 역시 같은 생각입니다. 이번 일을 시장님과 함께할 수 있어서 참 기쁘게 생각합니다."

미소 짓는 구지환.

두 사람은 달랐지만 서로 같았다.

그렇기에 구지환이 자연스럽게 손을 내밀며 말했다.

"이번 사건이 마무리되어도 계속 뵐 수 있었으면 좋겠습니다."

"예, 저도 그랬으면 좋겠습니다."

악수를 나누는 두 사람.

그리고 그런 구지환을 보며 대한은 문득 그런 생각이 들었다.

'조직위원장 아저씨가 문경시장이 되는 일은 없겠구만.'

큰일을 대처하는 걸 보니 사람의 그릇이 보였다.

물론 이번 일에 책임을 져야 하는 상황이 온다면 다음 시장 선거에서 그를 볼 일은 없겠지만 만약 그런 상황이 오지 않는다면 대한이라도 구지환을 찍을 것 같았다.

구지환이 김현식과 몇 마디를 더 나눈 뒤 시간을 확인했다.

"육군본부로 몇 시에 복귀하십니까?"

"일이 정리되어야 복귀할 수 있을 것 같습니다."

김현식의 말에 대한과 구지환 둘 다 놀랐다.

'당신 참모차장이잖아? 일정 많을 텐데?'

여기 온 것도 계획에 없던 일정이다.

그 말은 뒤로 밀린 일정이 한두 개가 아니란 것.

심지어 현병실장도 데리고 왔다.

어쩌면 더 바쁠 수도 있는 사람을 데리고 와 놓고 저렇게 말하다니.

하지만 그만큼 이 상황을 심각하게 받아들이고 있다는 증거이리라.

구지환이 고개를 끄덕이며 답했다.

"바쁘신 분을 이렇게 잡아 둘 순 없죠. 오늘 안에 처리할 수 있도록 빠르게 움직이겠습니다. 정리되는 대로 연락드릴 테니 조금만 기다려 주시죠."

"예, 저도 연락 유지하겠습니다."

김현식은 구지환과 인사를 나눈 뒤 시장실을 벗어났다.

이윽고 대한이 김현식과 함께 다시 회의장으로 이동하는 길.

김현식이 대한에게 물었다.

"김 팀장, 그 지원과장 밑에 있는 대위 두 명은 일부러 안 부른 거지?"

"예, 그렇습니다."

"잘했다. 지금 뭐 하고 있는지도 아나?"

"각자 현장에 위치해 있습니다."

"퇴근할 때는 지원과장한테 보고하고 퇴근하나?"

"예, 복귀해서 금일 특이 사항 보고한 뒤 퇴근합니다."

"그럼 오늘은 들어오지 말라고 해라."

"예, 알겠습니다."

그래, 굳이 불러서 뭐 하겠나.

군수장교는 이번 일과 관련이 없었지만 시설장교인 최동진은 여러모로 의심 가는 게 많은 인물이었으니까.

두 사람은 무거운 표정으로 회의장의 문을 열었고 회의장에는 헌병실장 혼자 자리에 앉아있었다.

"다녀오셨습니까, 차장님."

"어, 단장이랑 과장은?"

"조사하라고 보내 놨습니다."

"과장은 당연히 해야 할 일 하고 있다만은…… 단장이 고생이네. 담배 한 대 하지."

"예, 가시죠."

김현식은 헌병실장과 대한을 이끌고 흡연장으로 향했다.

이후, 흡연장에서 담배에 불을 붙이고는 대한에게 물었다.

"그나저나 너희 단장은 여기 왜 온 거야?"

"제가 철근 관련해서 도움 요청한 게 있어서 그렇습니다."

"아, 그래서 왔구만. 자식…… 그래도 대령을 오라 가라 하는 중위가 어디 있나?"

"죄송합니다."

그 말에 헌병실장이 피식 웃으며 말했다.

"대령 정도면 아무것도 아니죠. 지금 중장이랑 준장을 부른 친구 아닙니까."

"하하, 그것도 그러네. 전 군 통틀어서 중위가 장군 호출하는 건 네가 처음일 거다."

말이 또 그렇게 되나?

그래도 이건 조금 억울한데?

내가 불렀습니까, 당신들이 왔죠.

하지만 그리 말할 순 없기에 어색하게 웃기만 했다.

그때, 헌병실장이 웃으며 말했다.

"그래도 대단합니다. 아까 두 사람한테 들어 봤는데 단순히 촉만으로 이번 짝퉁 철근 건을 찾아냈답니다."

"그래?"

"예, 뭐. 들어 보니 철근에 대한 건 아무것도 모르는 친구인데 계속 여기저기 물어가며 결국 이렇게 찾아냈답니다."

사실이긴 했다.

현장 소장의 말이 아니었다면 의심을 거두었을 테니까.

그래서일까?

헌병실장이 씩 웃으며 말했다.

"그래서 말인데, 이 친구 헌병 쪽에서 참 탐나는 친구입니다."

그의 말에 김현식이 놀라며 말했다.

"응? 자네가 탐낸다고?"

"예, 근데 왜 그렇게 놀라십니까?"

"아니, 자네가 뭐 후배 챙기는 걸 본 적이 없으니까 그러지. 같은 헌병도 안 챙기는 친구가 다른 병과에 젊은 친구 탐내니 신기하지."

"하하, 저도 후배 잘 챙기고 있습니다. 마음에 드는 후배들이 육본에 없어서 모르시는 것뿐입니다."

"맘에 드는 후배가 있기는 있고?"

"예, 하나 있습니다. 천 대령이라고, 그 친구도 김 팀장 칭찬을 무지하게 했습니다."

천용득?

그 이름이 왜 여기서 나와?

대한의 눈이 커졌다.

'이야…… 천용득 그 양반도 줄을 제대로 잡고 있었구나?'

이런데서 이름을 들으니 참 반가웠다.

아니, 어쩌면 헌병실장의 이쁨을 받고 있으니 이번에 1차 진급을 한 거겠지.

이윽고 헌병실장이 은근한 표정으로 웃으며 말했다.

"그래서 말인데, 자네 정말 헌병 올 생각 없나? 천 대령한테는 올 생각 없다고 했다며?"

"하하…… 그렇게 말씀드리긴 했습니다."

"지금은 어때? 생각 좀 바뀌었나?"

"그……건 아닙니다, 죄송합니다."

"하하!"

대한의 거절에 헌병실장과 김현식이 크게 웃음을 터뜨린다.

"나 참, 살면서 장군이 하는 스카웃 거절하는 놈도 너밖에 없을 거다."

"하하…… 죄송합니다."

"죄송하긴 뭐가 죄송해. 너 진짜 죄송하진 않잖아?"

"아, 아닙니다! 정말 죄송하게 생각하고 있습니다."

"하핫!"

어우, 기 빨려.

대한은 빨리 두 사람이 갔으면 좋겠다고 생각했다.

계급도 적당히 차이가 나야 주거니 받거니 티키타카 하지, 이건 뭐…….

그때였다.

대한이 고통받고 있던 순간, 주차장으로 차량 두 대가 동시에 들어온 건.

세 사람은 자연스럽게 주차장에 들어온 차를 보았고 뒤이어 차량에서 전투복 입은 사람 둘이 내렸다.

박희재와 박찬희였다.

두 사람을 본 헌병실장이 담배를 끄며 말했다.

"금방 데리고 왔네."

"벌써 조사가 끝난 건가?"

"대충 말 길어질 것 같으면 그냥 데리고 오라고 했는데 아마 둘 다 데리고 온 것 같습니다."

말이 길어질 것 같으면 데리고 오라고 한 두 사람.

그 두 사람의 정체는 다름 아닌 현장 소장과 최동진이었다.

박희재와 박찬희를 따라 뒤이어 뒷좌석에서 두 사람이 내린다.

"가지."

그 모습을 본 김현식도 굳은 얼굴로 담뱃불을 꺼뜨렸다.

김현식은 가은철강으로 가려던 일정을 바꿔 현장 소장의 이야기를 헌병실장과 함께 들었다.

대한과 나머지 사람들은 같이 있을 필요가 없었기에 잠시 흡연장으로 향했는데 거기엔 최동진도 자연스럽게 포함되어 있었다.

재밌는 광경이었다.

최동진은 아직 상황이 어떻게 돌아가고 있는지 전혀 모르고 있었으니까.

그렇기에 박희재와 박찬희는 아무렇지 않은 듯 잡담을 나누었다.

"캠핑장 좋던데? 사람들 많이 오겠어."

"하하, 최선을 다해 만들고 있습니다."

"나중에 완성되면 첫 손님은 내가 할 테니까. 그때 또 보자고."

"예, 완성되자마자 연락드리겠습니다."

두 사람은 그새 많이 친해져 있었다.

친해질 수밖에 없는 상황이긴 했다.

별의 지시를 받으며 엄청난 압박을 받은 두 사람에게 끈끈한 전우애가 피어나는 건 당연했으니까.

하지만 최동진 만큼은 표정이 묘했다.

아무것도 모르긴 해도 눈치란 게 있었으니까.

눈치 보며 흡연하던 최동진이 조용히 박찬희에게 물었다.

"저…… 과장님? 근데 저는 왜 온 겁니까?"

"왜 오긴? 너 시설장교잖아."

"현장에 문제가 있다고 하셨는데 큰 문제입니까?"

"그건 좀 이따 실장님께서 따로 다 설명해 주실 거야."

"……예, 알겠습니다."

개운하지 못한 표정.

그럴 수밖에.

현장에 갑자기 별들이 떴는데 마음이 편할 리가 있나.

그래서일까?

흡연이 끝나고 다시 회의장으로 복귀하는 길에 최동진이 조용히 대한에게 다가와 물었다.

"야."

"예."

"뭐 아는 거 있냐?"

"잘 모릅니다."

"혹시 가은철강이랑 관련된 거야?"

"가은철강? 갑자기 거기가 왜 나옵니까?"

"……아니다."

대한이 모른 척 되묻자 최동진도 얼른 말을 삼킨다.

하지만 덕분에 대한은 확신할 수 있었다.

'쯧쯧, 등신 같은 놈.'

최동진이 풍기는 진한 구린내에 대하여.

대화를 마친 현장 소장은 박희재의 차량을 타고 다시 현장으로 복귀했다.

회의장 앞에서 대기하고 있던 대한이 조심스레 문을 열고 김현식에게 물었다.

"차장님, 시설장교 데리고 오면 되겠습니까?"

"어, 다 같이 들어와라."

"예, 알겠습니다."

대한은 박찬희와 최동진과 함께 회의장으로 들어갔고 김현식의 맞은편에 앉았다.

이후, 김현식은 종이에 메모해 둔 것들을 살피며 최동진에게 물었다.

"시설장교 일은 할만 해?"

"대위 최동진, 예. 열심히 하고 있습니다."

"관등성명은 안 해도 된다. 열심히 하고 있다라…… 현장에 문제가 많다던데?"

최동진이 그의 말에 살짝 당황하며 답했다.

"그게…… 현장이 바뀌기도 했고 캠핑장 공사가 흔한 공사가 아니라서 적응 중입니다. 하지만 최대한 문제가 없도록 하겠습니다."

"흠, 그래. 군에서 직접 하는 것과 마찬가지인 공사인데 문제가 생기면 안 되지. 이제 실장이 궁금한 거 물어보게."

김현식의 말에 헌병실장이 고개를 끄덕이며 물었다.

"자재들은 확인 잘 하고 있지?"

"……어떤 자재 말씀이십니까?"

"자재 몰라? 공사에 들어가는 거 전부 말이야."

"아, 예. 잘 확인하고 있습니다."

"보통 공병이 가는 자리인데 자네가 자신 있다고 해서 여기 파견 온 거라고 하더라고 그것도 맞나?"

"예, 그렇습니다."

음?

그런 일이 있었어?

이건 전혀 몰랐던 사실이다.

근데 그런 것치곤 아는 게 거의 없는 것 같던데?

대한이 고개를 갸웃했고 헌병실장이 그 모습을 확인했다.

"김 팀장, 자네는 이쪽으로 와 봐."

"예."

대한이 헌병실장의 옆으로 이동하자 헌병실장이 두 사람만 들을 수 있게 조용히 물었다.

"왜, 뭐가 이상한데?"

"제가 본 시설장교는 아는 게 거의 없었습니다. 게다가 자신 있어 할 만한 경험이 있는 것도 아닌데 저렇게 말을 했다는 게 조금 이상합니다."

"그래?"

"예, 디테일한 걸 확인해 보려면 이따 복귀할 저희 단장한테 질문을 좀 시켜 보는 게 좋을 것 같습니다."

"그래, 그게 좋겠네."

고개를 끄덕이는 헌병실장.

그리고 그 두 사람을 건너편에서 보고 있는 최동진은 자기도 모르게 미간을 좁힐 수밖에 없었다.

그것은 불안함의 찡그림이었다.

'이따 털어 보면 밑천 드러나겠지, 뭐.'

뭐, 이해야 됐다.

이런 큰 대회에 실무자로 파견 오는 건 누구나 탐내는 자리였으니까.

탐내는 이유?

훈련 나가는 것도 아닌데 자력 쌓기도 좋아서다.

그래서 어떤 파견 자리는 능력이 없는 걸 알면서도 보내 주는 경우가 있다.

하지만 그런 욕심을 인정해 주기에는 이번 상황이 조금…… 아니, 많이 복잡했다.

헌병실장이 다른 질문을 했다.

"현장 소장 말로는 본인이 관리하지 않는 인력들이 있다고 하는데 알고 있었나?"

"예, 알고 있습니다."

"그분들은 뭐 하는데?"

"지금 현장이 아닌 기존 현장에 대한 정리와 자재 운반을 맡고 있습니다. 대략적인 정리가 끝나면 현장 소장에게 인계를 할 예정이었습니다."

대한은 그의 말에 뭔가 머리를 스치고 지나갔다.

'그걸 네가 왜 해?'

좀 전에 말한 건은 시설장교의 업무가 아니었다.

근데 그걸 네가 뭐라고 인계를 해?

아무래도 철근 말고도 확인해야 될 게 더 있을 것 같다.

헌병실장도 같은 생각인지 고개를 기울이며 물었다.

"시설장교가 그런 일도 해야 하는 건가? 현장에 공사가 계획대로 잘 진행되고 있는지만 확인하면 끝인 거 아닌가?"

"현장에 인원이 부족한 탓에 제가 도움을 주고 있었습니다. 이 과정에서 제가 할 일을 소홀히 하진 않았습니다."

"그래? 그렇구만……."

헌병실장은 앞에 놓인 종이에 무언가를 적어 내려가기 시작했고 최동진이 그에게 물었다.

"저 혹시 무슨 일 때문에 이런 걸 물어보시는 건지 여쭤봐도 되겠습니까?"

"아, 이유를 못 들었나 보네. 지금 현장에 짝퉁 철근이 들어오고 있다는 제보를 받아서 조사 중이야."

짝퉁 철근.

그 말에 순간 최동진의 동공이 크게 확장됐다.

표정이 굳는 건 덤이었다.

애써 표정 관리를 한 것 같다만 대한을 비롯한 이 자리에 있는 모두가 그런 변화를 눈치 못 챌 만큼 둔탱이는 아니었다.

그렇기에 헌병실장이 물었다.

"뭐 아는 거라도 있나?"

"아닙니다. 저는 거기까진 잘……."

"근데 왜 그렇게 놀라?"

"아…… 그게……."

자, 이제 뭐라고 둘러댈 거냐?

잠깐의 고민 끝에 최동진은 이내 고개를 숙이며 답했다.

"죄송합니다. 제가 짝퉁과 진짜를 구분할 능력은 없었던 것 같습니다."

음.

그렇군.

그런 식으로 둘러댈 수도 있구나?

아무래도 꼬리 자르기를 하려는 것 같은데 절대 그렇게 둘 생각은 없었다.

하지만.

'지금은 심증만 있고 물증은 없는 상황이란 말이지.'

그러니 아직까진 죄인 취급하긴 힘들었다.

무죄추정의 원칙이란 게 있었으니까.

헌병실장이 고개를 끄덕이며 답했다.

"전문가가 봐도 확인하기 어렵다는데 자네라고 어떻게 찾았겠어. 작정하고 속이면 못 찾지."

"그렇게 생각해 주신다면 감사하겠습니다. 하지만 현장담당자로서 책임을 지라고 하면 지겠습니다. 제대로 확인하지 못한 제 불찰입니다."

"이게 어떻게 자네의 책임이겠나. 속인 놈 잘못이지."

그때였다.

최동진의 벨소리가 울린 건.

"죄송합니다."

"아니야, 현장에서 일하는 친구를 갑자기 데리고 왔는데 그럴 수도 있지."

최동진이 급하게 휴대폰을 꺼내 전화를 끊으려 했다.

그런데 그는 발신자를 확인하고 잠시 멈칫했고 옆에 앉아 있던 박찬희가 무의식적으로 그의 화면을 바라봤다.

그러고는 최동진에게 말했다.

"그 전화 지금 받아 봐."

"아닙니다. 좀 이따 끝나면 나가서 받겠습니다."

"지금 받으라니까."

"그래도 어떻게 지금 받습니까."

받으라는 자와 받지 않으려는 자.

두 사람의 대화를 듣던 헌병실장이 물었다.

"누군데?"

"가은철강이라고 적혀 있었습니다."

어라?

타이밍이 묘했다.

헌병실장이 최동진에게 말했다.

"과장 말대로 여기서 받는 게 좋겠네. 받아 봐."

전화받으라는 헌병실장의 말에 최동진은 잠시 고민하는 듯하더니 전화를 받으려고 했다.

그런데 그때 전화가 마침 끊겼다.

최동진이 숨을 삼키며 얼른 대답했다.

"끊어졌습니다. 좀 이따 제가 다시 연락하겠습니다."

그러자 가만히 있던 김현식이 입을 열었다.

"최 대위."

"예."

"우리가 뭐 부탁하는 것 같나?"

"……잘못 들었습니다?"

"좋게 말할 때 잘 알아듣자고. 다시 전화 걸어."

중장인 김현식의 옆에 있어서 상대적으로 낮아 보인 건지 몰라도 준장의 계급은 절대 낮은 계급이 아니었다.

산도 옮긴다는 별.

그의 명령을 거역한 것과 같았다.

명령 자체가 부당한 것과 가까웠지만 헌병실장은 할 수 있는 명령이긴 했다.

'여기서 끝까지 거부하면 이후엔 정식으로 헌병대를 만나게 되겠지.'

그러니 최동진에겐 지금이 헌병실장과 편하게 볼 수 있는 마지막 기회.

김현식의 엄령에 최동진은 침을 꼴깍 삼키더니 이내 휴대폰을 꺼냈다.

"……죄송합니다. 바로 연락해 보겠습니다."

"그래, 급한 이야기일 수도 있잖아."

최동진이 조용히 한숨을 삼키며 전화를 걸었다.

전화는 금방 연결이 되었다.

"예, 사장님. 전화하셨네요."

-최 대위. 지금 어디야?

"저 지금 잠시 시청에 들어왔습니다."

-아…… 알겠다.

"예, 알겠습니다."

최동진은 그대로 전화를 끊고는 한결 밝아진 표정으로 입을 열었다.

"현장에 자리를 비워서 연락한 것 같습니다."

"다행히 급한 건 아니네."

"예, 그런 것 같습니다."

헌병실장이 가만히 종이를 들여다보다 최동진에게 말했다.

"그래, 바쁜데 불러서 미안하다. 지원과장이 데리고 왔었나?"

"예, 그렇습니다."

"과장은 얼른 현장으로 최 대위 데려다 주고 와."

박찬희는 그 길로 최동진을 데리고 회의장을 벗어났다.

두 사람이 나가는 걸 확인한 헌병실장이 대한에게 물었다.

"어떻게 생각하나?"

"좀 전의 전화 말씀이십니까?"

"어."

"많이 특이했습니다."

"어떤 점이?"

"상대는 전화한 이유를 말하지 않았고 받은 사람도 전화한 이유를 묻지 않았습니다."

대한의 대답에 헌병실장이 피식 웃으며 김현식에게 말했다.

"차장님, 진짜 탐납니다."

"하하, 그러네. 어이, 김 팀장. 너 왜 공병 하고 있나? 촉이 이렇게 좋은 놈이? 그거 재능 낭비야?"

"하하…… 아닙니다. 그냥 이번에만 운이 좀 좋았던 것 같습니다. 공사 자체가 공병 업무이기도 했고 그래서 보였던 것 같습니다."

"변명이 제법 그럴 듯하다?"

"지, 진짭니다. 이번엔 정말 운이 좋았습니다."

운이 좋다는 말에 김현식이 피식 웃는다.

"운도 일머리 좋은 놈이 더 자주 좋은 법이야. 그리고 애초에 그런 센스는 타고나는 거 몰라? 그러지 말고 진짜 헌병 쪽으로 고민해 보는 게 어때?"

"하하……."

아이고, 이 양반들 참 끈질기네.

대한이 어색하게 웃자 이번에는 헌병실장이 대한 쪽으로 몸을 기울이며 말했다.

"김 팀장아. 나도 자존심이 있지 딱 세 번까지만 제안하마. 이제 한 번 남았다? 잘 좀 고민해 봐."

"하하……."

아직 한 번이나 더 남았다니.

대한은 그의 말에 그저 어색하게 웃을 뿐이었다.

✖

박찬희는 차를 몰아 최동진을 다시 현장으로 데려다 주었다. 현장에 도착해 최동진이 내리기 전, 박찬희가 그를 불렀다.

"동진아."

"예, 과장님."

"너 진짜 뭐 없나?"

"……어떤 거 말씀이십니까?"

"나한테 못 한 말 있으면 지금이라도 이야기 해."

"······그런 거 없습니다."

"진짜 없는 거지?"

박찬희의 진지한 물음.

자백을 받아 내려는 게 아니었다.

이건 마지막 기회였다.

상급자로서 하급자의 실수를 최대한 막아 주기 위해.

그러나.

"하하, 과장님까지 왜 그러십니까. 뭐 없습니다."

"······알겠다. 도와줄 수 있는 건 지금이 마지막일 것 같아서 그냥 말해 본 거야. 고생해라."

박찬희는 그대로 시청으로 복귀했다.

최동진은 떠나는 박찬희의 차를 한참이나 바라보다 사무실로 들어갔다.

✳

그로부터 몇 시간 뒤.

일과가 끝날 시간이 되었지만 퇴근을 생각하는 사람은 아무도 없었다.

담당자들은 본인들이 책임져야 할 것들에 대해 정리를 해 왔고 그것을 받아 든 군은 군의 책임들을 정리했다.

그쯤 박희재의 동기이자 조선철강 법무 팀인 김도한이 시청에 도착했다.

주차장에서 그를 기다리고 있던 대한과 박희재는 김도한을 보자마자 담배를 꺼내 물며 말했다.

"어떻게 됐냐?"

"어떻게 되긴 뭘 어떻게 돼. 법적 절차 들어가는 중이지."

당연한 순서였다.

사소한 것도 아니고 안전과 직결된 자재의 문제였다.

이런 걸로 장난을 친다는 것 자체가 아주 질이 나빴다.

박희재가 고개를 끄덕이며 물었다.

"다른 곳에 또 납품한 적 없다든?"

"본인 말로는 그렇다고 하는데…… 그걸 어떻게 믿냐?"

"그래, 거기 생긴 지도 좀 됐던데 이때까지 매출이 없진 않았을 거 아냐."

"이때까지 나온 매출들은 다 정상적인 철근을 썼다고 하더라. 이번 현장에만 짝퉁이 들어갔다네."

"그럼 다행이긴 한데…… 넌 그게 믿기냐?"

"믿겠냐, 믿고 싶을 뿐이지."

대한이 김도한에게 물었다.

"다른 건 또 뭐 여쭤보셨습니까?"

"어디서 샀는지 물어봤지."

조선철강 입장에서 이렇게 짝퉁을 파는 업체를 찾는 건 의미가 없었다.

이런 짝퉁을 들여오는 공급책을 찾아야 이런 일을 사전에 차단할 수 있었다.

이런 문제의 근본적인 해결은 공급책인 플랫폼을 뿌리 뽑아야 하는 것이니까.

김도한이 한숨을 내쉬며 말을 이었다.

"근데 제대로 대답을 안 해. 업체 정리하는 곳에서 사들였다는데 그 업체를 운영했던 사장 번호도 없다고 하고 위치도 말해 주는데 철근을 팔았던 곳도 아니야."

"그런 건 어차피 조사하면 금방 나오지 않습니까?"

"그러니까. 무슨 생각으로 이야기를 안 하는지 모르겠네. 우리 고생하라고 그러는 건가?"

김도한의 한숨에 박희재가 말했다.

"지금 제대로 말할 것 같으면 일찌감치 자수하지 않았겠냐."

"그렇겠지? 얼른 절차나 빠르게 진행시켜야지. 다른 곳에 피해 입은 것만 아니었으면 좋겠다."

그의 말에 대한이 대신 답했다.

"일단 문경시에서는 최근 2년간 그쪽에서 자재를 받은 적이 없습니다."

"2년? 흠, 그럼 진짜 피해가 없을 수도 있겠는데?"

"그래도 건축과 담당자 말로는 가은철강에서 도움을 많이 받는 것 같았으니 제가 좀 더 확인해 보고 연락드리겠습니다."

"그래주면 너무 고맙지."

박희재가 뿌듯한 표정으로 김도한의 어깨를 감싸 쥐며 말했다.

"자식아, 이 친구도 프로야. 네가 그런 도움 안 줘도 알아서할 수 있다고."

"그래도 단장님 동기분인데 제가 도와드릴 수 있는 건 최대한 도와드려야 하지 않겠습니까."

"하하, 들었냐. 다 내 덕분에 도움 받는 거야."

박희재의 웃음에 김도한이 질린다는 표정으로 답했다.

"어휴, 그래. 뭐 아들도 아니고…… 두 사람한테는 진짜 감사하게 생각하고 있다. 조만간 제대로 보답하러 부대로 갈 테니까 딱 기다리고 있어라."

대한은 김도한 같은 사람에게 도움을 받을 수 있는 상황 자체에 만족했다.

살면서 그의 도움을 받을 상황이 얼마나 되겠냐만은 공병으로 있는 한 그에게 조언을 얻을 일은 많을 테니까.

'인맥은 다양하고 많을수록 좋지.'

혼자서 할 수 있는 일에 한계는 존재했다.

열심히 한다고 해서 모든 일에 전문가가 될 순 없기에 평소에 전문가들과 친분을 다져 놓아야 했다.

김도한은 피우던 담배를 마저 피우고는 두 사람과 찢어졌다.

그가 여기서 할 일은 끝났고 이제 남은 건 회사로 복귀해서처리해야 할 일들뿐이었으니까.

대한과 박희재는 김도한을 배웅한 뒤 다시 회의장으로 복귀했다. 그리고 김도한과 나눴던 대화를 김현식과 헌병실장에게 말했다.

두 사람은 가은철강의 일이 마무리되려면 시간이 더 걸린다는 것을 확인하고는 하고 있는 업무에 박차를 가하기 시작했다.

그도 그럴 것이 일이 끝날 때까지 있겠다고 했지만 사실 정말로 그럴 수 있는 상황은 아니었으니까.

일단 급한 것이라도 다 처리를 하고 빨리 복귀를 해야 하는 상황이었다.

당장 헬기 조종수도 가만히 대기만 하고 있는 상황이었으니까.

'그 사람도 퇴근은 해야지. 그나저나 이렇게 보면 군대가 참 많이 바뀌긴 했어.'

옛날 군대였다면 두 사람 모두 여유롭게 업무를 봤을 것이다.

그때의 별은 진짜 권력 그 자체였으니까.

하지만 이제는 달라졌다.

두 사람을 제외한 다른 군인들의 퇴근을 위해서라도 빨리 일을 끝내야만 하는 상황.

헌병실장이 대한에게 물었다.

"가은철강 사장은 어디쯤 도착했다고 하나?"

"조금 전에 조선철강 법무 팀이 주차장에 도착했다가 다시 복귀했으니 조만간 도착할 것 같습니다. 연락해 보고 도착하는 대로 이쪽으로 데리고 오겠습니다."

"그래, 부탁 좀 할게."

대한은 회의장에서 나와 가은철강 사장 서준모에게 연락했다.

서준모는 이미 주차장에 도착해 있는 상황이었고 대한이 재빠르게 그를 데리고 회의장으로 들어왔다.

헌병실장이 자리에서 일어나 그에게 악수를 건넸다.

"반갑습니다. 서준모 사장님이시죠?"

서준모는 헌병실장의 계급을 보고는 놀란 눈으로 말했다.

"아, 예…… 준장씩이나 되는 분이 여기까진 어쩐 일로……."

헌병실장의 눈치를 살피던 서준모가 그의 뒤에 있는 김현식을 확인하고는 입을 떡 벌렸다.

"주, 중장……?"

"저희 차장님이십니다. 일단 앉으시죠."

김현식은 그에게 가볍게 목례만 했다.

살가울 순 없었다.

결국 이 모든 사달은 서준모에서 비롯되고 있었으니까.

'서준모가 민간인이라서 다행이지, 만약 군인이었으면…….'

어휴 생각만 해도 끔찍하다.

서준모가 눈치를 보며 자리에 앉았다.

"그나저나 저는 왜 보자고 하시는지…… 법무 팀 조사 말고 군에서도 조사를 하시는 건가요?"

"아뇨, 철근은 저희 소관이 아닙니다."

맡으려면 맡을 수 있겠지만 군이 맡을 필요는 없었다.

어차피 조선철강에서 군보다 더 강하게 그를 처벌해 줄 테니.

그럼에도 서준모를 여기에 부른 건 군에서 의심하고 있는 다른 것 때문이었다.

"최동진 대위한테 따로 부탁한 거 있으십니까?"

"……예?"

최동진을 현장에 데려다 준 뒤 담당자들이 가져온 모든 서류를 확인했다.

그리고 그 서류들 속에서 찾아낸 이상한 점.

최동진이 오고 난 뒤에 최동진의 말로 인해 통과가 된 서류들이 몇 개가 있다는 것이다.

물론 결재선이 바뀐 것은 아니었다.

다만 담당자에게 직접 최동진이 찾아가 계획에 대한 결재를 부탁한 것.

'인력 계획이랑 철근 수령하는 건들 말이지.'

딱 거슬리는 부분에 또 최동진이 끼여 있었다.

인력은 최동진이 나눌 필요가 있다고 주장했고 관리도 본인이 한다고 하니 담당자 입장에선 허락을 안 할 이유가 없었다.

철근 관련한 것도 직접 확인을 다 한다니 허락을 안 할 이유가 있겠나.

서류 결재에 대한 책임은 담당자 본인이 지는 것이긴 하지만 군인인 최동진이 이상한 짓을 하지 않을 것이라고 믿었으니 쉽게 허락해 준 것일 터.

담당자의 설명을 들은 김현식은 그에게 책임을 물리지 않는다고 말했다.

'구지환과도 이야기를 하고 왔지.'

담당자는 군에 대한 믿음을 준 것뿐이었다.

신뢰를 저버린 건 오히려 군.

물론 담당자 또한 책임이 아예 없는 건 아니었다.

그래도 김현식이 한 제안을 구지환이 거절할 리가 없었다.

구지환은 담당자에게 이런 일이 다시 재발하지 않도록 따끔하게 주의를 주었다.

그렇기에 대한은 김현식이 여기에 직접 온 걸 다행이라 생각했다.

김현식은 서준모를 노려본 채 그가 입을 열기만을 기다렸고 서준모가 눈치를 보며 조심스럽게 입을 열었다.

"……어떤 부탁 말입니까?"

"뭐 다양한 부탁이 있을 수 있겠죠? 그냥 제 질문에 대답만 해 주시면 됩니다. 없으면 없다고 답해 주시죠."

"커피 타 와 달라는 것도 포함입니까?"

그 말에 모두가 미간을 찌푸렸다.

지금 그런 걸 물어봤겠냐?

특히 김현식의 얼굴이 구겨졌는데 헌병실장이 김현식의 눈치를 보고는 웃으며 말했다.

"그런 거 여쭤보는 게 아니란 거 알고 계시지 않습니까. 그냥 솔직하게 말씀해 주십쇼. 지금 말씀해 주시면 최대한 참작해 드리겠습니다."

대한이 봤을 때 이 자리는 서준모에게 주어진 마지막 기회였다.

이번에 대답하지 않는다면 두 사람은 진심으로 화를 내며 업무를 할 것 같았으니까.

'제발 눈치 좀 챙겨라.'

그러나 서준모는 일부러 그러는 건지 도리어 두 사람을 긁어버렸다.

"……다짜고짜 사람 불러 놓고 왜 죄인 취급하시는 건지 잘 모르겠습니다만 그런 건 최 대위한테 물어보시죠."

그래, 그럼 그렇지.

대부분의 악당들은 어쩜 저리 한결 같을까.

김현식은 눈을 감았다.

헌병실장은 얼마간 서준모를 쳐다보던 끝에 종이를 내려놓고 조용히 말했다.

"제 소개가 좀 늦었던 것 같은데…… 전 현재 육군본부에서 헌병실장으로 근무하고 있는 사람입니다. 군인과 엮인 사건이라면 그게 설령 민간인일지라도 군사법원에 세울 수 있다는 걸 알고 계셔야 할 것 같습니다."

"하하, 저도 군대 갔다 왔는데 그 정도는 알죠. 그럼 전 가 봐도 되죠?"

"……예, 가 보셔도 됩니다."

서준모가 나가자 회의장에는 침묵이 흘렀다.

대한은 조용히 두 장군의 눈치만 볼 뿐이었다.

그렇게 가만히 있는 것도 잠시.

헌병실장이 김현식에게 말했다.

"내일 제대로 조사하라고 하겠습니다."

"자네 하고 싶은 대로 해. 책임은 다 내가 질 테니까."

"차장님은 더 하실 거 있으십니까?"

"아니, 여기서 당장 더할 건 없어 보이네."

"다들 협조를 안 해 주니 어쩔 수 없는 것 같습니다."

"협조 안 해 주면 협조가 되게끔 만들어야지. 말로 해선 안 되겠네."

"복귀해서 준비 싹 다 한 다음 제대로 힘 쓸 준비해서 보고드리겠습니다."

"그래, 복귀하자. 여기 더 있다가는 속 뒤집어지겠다."

김현식은 크게 한숨을 내쉬며 자리에서 일어났다.

순식간에 정리를 마친 김현식과 헌병실장은 헬기장으로 올라갔다.

헬기가 굉음을 내며 시동을 걸고 있을 때, 김현식이 따라온 이들에게 일일이 '고생해'라며 격려를 해 주었다.

　그렇게 헬기에 탑승하기 전, 김현식이 잠시 멈춰 서더니 대한을 불렀다.

Chapter 3

대한이 다가오자 김현식이 대한을 잡아당겨 귀에 대고 말했다.

"너, 평정 나한테 받지?"

"예, 그렇습니다."

현재 대한은 장기 파견 신분이기에 평정은 박희재가 아닌 파견부대 지휘관에게 받는 것으로 되어 있었다.

그리고 그 지휘관은 다름 아닌 중장인 김현식.

파견부대에서 받는 평정이 큰 의미가 없다고 하더라도 중장의 평정이라면 말이 달라졌다.

김현식이 대한의 어깨를 팡팡 두드려 주며 말했다.

"그거 내가 알아서 쓸 테니까 평정 내용 보내지 마."

"......!"

대한의 눈이 휘둥그레 커졌다.

원칙대로라면 지휘관이 부하들의 평정을 쓰는 것이 맞았다.

하지만 부대의 지휘관 밑으로 하급자가 어디 한둘이겠는가.

최소 몇십 명은 될 텐데 그들의 성과를 다 기억해서 평정을 입력하기란 불가능에 가까웠다.

그렇기에 하급자들이 본인들의 평정에 들어갔으면 하는 내용을 지휘관에게 보내면 지휘관은 그것을 보고 하급자들에게 도움이 되는 방향으로 정리해서 평정을 입력하는 게 일반적인 관례였다.

그런데 그런 평정을 중장이 직접 적어 준다?

이건 보통 이뻐하지 않고서야 굉장히 드문 일이었다.

게다가.

'일이 이 지경으로 돌아가고 있는데도 내 평정을 신경 써 주시다니…….'

대한은 진심으로 감동했다.

사실 그가 헌병실장을 끌고 왔을 때만 해도 일은 쉽게 끝날 줄 알았다.

다른 사람도 아니고 준장에 헌병실장이니까.

하지만 엮여 있는 이들 대부분이 민간인이다 보니 그 헌병실장조차 별로 힘을 쓰지 못했다.

안타까웠다.

그리고 이런 상사를 모시고 있음에도 큰 도움이 되지 못해 부하로서 죄송스러운 마음이 들었다.

대한에게 여러 가지 복잡한 감정들이 교차하고 있던 그때, 김현식이 피식 웃으며 말했다.

"왜 그렇게 놀라? 싫어?"

"아, 아닙니다! 너무 놀라서 아무런 말씀을 못 드렸습니다."

"놀라긴. 이번 일이 잘 안 풀려도 너무 괘념치 말거라. 사기꾼이 작정하고 사기 치려 하는데 우리 같은 사람들이 어떻게 막겠어?"

이 또한 맞는 말.

하지만 아무리 그래도 바보처럼 당하고 있을 수만은 없었다.

대한은 잠시 고민하던 끝에 김현식에게 말했다.

"차장님. 이번 일은 어떻게든 제가 한번 해결해 보겠습니다."

"네가?"

"예, 그렇습니다."

그 말에 김현식이 피식 웃는다.

"아서라, 평정 때문에 그러는 거면 그러지 마라. 막 쑤시고 다니다간 괜히 너만 다쳐."

"아닙니다. 차장님이 절 이렇게 믿어 주시는데 가만히 몸 사리고 있을 수만은 없지 않겠습니까."

"뭐야, 그럼 여태까진 몸 사린 거였어?"

"그, 그건 아닙니다. 다만 여태까진 보는 눈들도 있고 혐의점도 딱히 찾지 못해 조심스러웠을 뿐입니다. 무죄 추정의 원칙이 있는데 아직 다 밝혀진 것도 아닌 상황에 범인이라 생각하고 파고들면 너무 표적수사 같아서 그랬습니다."

"흠…… 그럼 뭐 이제부턴 표적 수사라도 하겠다는 건가?"

"그냥 좀 더 열심히 하려는 것뿐입니다."

대한의 웃음.

그 웃음에 김현식도 어이가 없다는 듯 피식 웃었다.

"좋아. 그럼 뒷일은 내가 책임질 테니 어디 한번 마음껏 활개 쳐 봐."

"감사합니다. 반드시 좋은 결과 가지고 오겠습니다."

"그래, 필요한 거 있음 이야기하고. 간다."

"예, 충성!"

"충성."

말을 마친 김현식은 그대로 헬기에 올랐고 대한의 일행은 헬기가 사라질 때까지 공중에 경례를 했다.

이내 헬기가 시야에서 완전히 사라지자 경례를 내렸다.

박희재가 전투복 먼지를 털며 말했다.

"어휴, 정신없는 하루였다. 그나저나 넌 차장님이랑 무슨 이야길 그렇게 한 거냐?"

"이제부턴 제대로 수사하겠다고 말씀드렸습니다."

"제대로? 그럼 뭐 여태까진 대충 했냐?"

"그냥 모든 게 조심스러웠지 않습니까. 근데 서준모가 대놓고 도발하는 것도 그렇고 이대로 있다간 죽도 밥도 안 될 것 같아서 제대로 나서 보려고 합니다."

"어떻게?"

"일단 사람들부터 전부 만나 보려고 합니다."

"사람들? 누구?"

"전부 다 만나 보려고 합니다. 결국 힌트는 사람들한테 있다고 생각돼서 말입니다. 윤곽이 좀 나오면 종합해서 말씀드리겠습니다."

"네가 하는 일이니 믿고 있겠다만은 너무 무리하진 마라. 괜히 들쑤시고 다녔다간 너만 다쳐."

김현식과 같은 걱정.

그렇기에 씩씩하게 대답했다.

"예, 알겠습니다."

"좋아. 그럼 이제 밥이나 먹으러 가자. 다들 고생했는데 밥이라도 잘 챙겨 먹어야지."

"예, 좋습니다."

박희재도 참 고생을 많이 했다.

박찬희의 말마따나 정말 하루 종일 헌병대장의 심부름을 했으니까.

물론 심부름이라고 해서 별로 어려운 건 아니었다.

끽해야 어디 부서 가서 서류 좀 가져와라 정도.

그래도 오늘 문경시청을 처음 와 본 박희재에겐 꽤나 까다롭다면 까다로운 심부름이었다.

"어흐, 배부르다."

"이제야 좀 살 것 같네."

"그러게나 말입니다."

이윽고 세 사람은 근처 식당에서 배를 채운 뒤 주차장으로 복귀해 인사를 나누었다.

박희재가 말했다.

"이거 막상 나만 가려니까 괜히 신경 쓰이네."

"하하, 괜찮습니다. 단장님. 얼른 복귀하십쇼."

"그래, 뭔 일 있으면 연락하고. 금방 오마."

박희재는 두 사람이 고생할 게 훤히 보였기 때문에 쉽게 발걸음이 떨어지지 않았다.

그래도 어쩌겠나.

공병단장이 공병단을 비워 놓고 여기에 있을 수 없는 노릇.

이내 박희재가 차를 몰고 주차장을 빠져나가자 대한에게 박찬희가 말했다.

"우리도 슬슬 갈까? 근데 사람들 만나는 거, 너 혼자 만날 거야?"

"예, 아무래도 그게 움직이는 데는 더 편할 것 같습니다."

"흠, 일단 알겠다. 그럼 그 사이에 발생할 업무는 내가 보고 있을 테니 도움 필요하면 바로 말해. 아참, 그리고 내일 가은철강 가 봐야 되는데…… 거긴 나 혼자 갔다 올까? 사실 우리가 가도 할 수 있는 건 없거든."

맞는 말이긴 했다.

내일 가은철강에 형사들이 온다고 들었는데 갑자기 형사가 온다고 한들 서준모가 범죄를 실토할 리도 없고.

"그래 주시면 감사하겠습니다."

"알겠다, 가서 특이 사항 있으면 바로 말해 줄게. 또 뭐 필요한 거 있냐?"

"없습니다. 필요한 거 있음 바로 말씀드리겠습니다."

"오케이, 그럼 수고."

"예, 고생하십쇼. 충성."

이윽고 박찬희도 떠났고 대한도 잠시 고민한 끝에 휴대폰을 들었다.

"예, 지원팀장 김대한 중위라고 합니다."

✳

인근의 카페.

대한이 먼저 와서 기다리고 있자 얼마 뒤, 누군가 카페 문을 열고 나타났다.

이번 철근 건과 관련하여 건설과 담당자 김민환이었다.

"오셨습니까?"

"아, 예."

김민환과는 안면이 좀 있다.

그는 이번 담당자들 중 막내 격에 속한 인물로 자잘한 업무들을 모두 맡아 처리하고 있었으니까.

그래서 김민환을 보자고 한 것이다.

대한이 미리 주문한 음료를 내밀며 말했다.

"늦은 시간에 귀한 시간 내주셔서 감사합니다."

"아닙니다. 일이 일이니 만큼 최대한 협조해 드려야죠. 근데 어떤 게 궁금하신 건지⋯⋯?"

김민환의 얼굴에 피로감이 가득하다.

그럴 수밖에.

지금 건설과 분위기는 살얼음판이었다.

생각지도 못한 사건에 휘말려 부서 사람 대부분이 크고 작은 책임들을 져야 했으니까.

'안 그래도 박봉인 공무원 월급에 징계까지 더해지면 저런 표정이 나올 수밖에 없지.'

하지만 그렇기에 오히려 지금이 적기였다.

사람은 힘들 때 솔직해지는 법이니까.

대한이 물었다.

"피차 사정은 모두 알고 있으니 용건만 짧게 여쭤보겠습니다. 이번 가은철강 계약을 진행시킨 분이 누구신지 혹시 알 수 있을까요? 듣기로는 수의계약으로 진행했다고 들었습니다."

"수의계약이긴 한데…… 설마 계약 진행시킨 사람을 의심하시는 겁니까?"

김민환의 미간이 좁혀진다.

그러나 대한은 아랑곳 않고 대답했다.

"그냥 합리적으로 생각하려는 것뿐입니다."

"그건 저희 과장님이긴 한데 저희 과장님도 추천받아서 한 것뿐입니다."

"추천이요?"

"예, 지금은 퇴직하신 분인데 일전에 저희 과장님 사수분이셨던 분이 믿을 만한 업체라고 추천해 주셔서 믿고 진행했던 것뿐입니다. 저도 인사드린 적 있어서 얼굴도 알고 있고요."

"그럼 단순 추천으로만 진행한 일이란 말이네요?"

"아니, 그게 말만 놓고 보면 그렇긴 한데…… 하…… 정말 억울합니다. 이게 아무리 사기 친 놈이 따로 있다지만 어쨌든 책임 소재만 놓고 보면 자세히 검토하지 않고 계약을 진행시킨 게 저희 과장님이시라 부서 내에선 알음알음 욕받이 느낌으로 욕먹고 계세요. 자기들은 그렇게 일 안 했나……."

진심으로 억울함을 호소하는 김민환.

대한도 그의 심정 자체는 이해했다.

'잘 아는 사이면 굳이 깊게 살펴보진 않지. 하루 이틀 본 사이도 아니니까.'

아마 나라도 그랬을 것이다.

퇴직한 박희재가 추천하면 '박희재'니까 믿고 일을 진행시켰겠지.

하지만 그리 진행돼서 결과가 좋다면 다행이지만 현재 결과가 최악이지 않은가.

대한이 말했다.

"어떤 부분에서 답답해하시는지는 이해합니다. 그리고 전 단순히 여쭙기만 했지 범인 취급한 적도 없습니다. 그러니 너무 흥분하지 마시고 그 퇴직한 분에 대한 이야기를 좀 해 주시는 건 어떨까요? 그분은 성함이 어떻게 되세요?"

"성함은 강우석이라고 하고 저희는 사장님이라고 부르고 있습니다."

"사장님요?"

"예, 저희가 직급 자체가 몇 개 없어요. 퇴직 전까지 건설과 과장님이셨으니 과장님이라 불렀는데 이젠 퇴직하셨고 저희 과장님이 새 과장님이 되셨으니 그분은 과장보다 더 높은 장이 돼야 하지 않겠냐 해서 장난식으로 사장님이라 부르다 호칭이 그렇게 굳혀졌습니다."

"그렇군요. 그럼 뭐 그분이 따로 업체를 운영하거나 그러시진 않으시고요?"

"예, 그냥 평범하게 퇴직해서 문경에서 잘 살고 계십니다. 그분 문경에 엄청 오래 계셔서 여기 유지분들이랑도 형 동생 하는 사이세요."

"유지분들이랑 형 동생…… 알겠습니다."

"또 물어보실 거 있으세요?"

"일단은 이 정도면 충분할 것 같습니다. 그리고 혹시나 해서 드리는 말씀인데 나중에라도 제보 주실 게 있다면 언제든 제보 주세요. 시청 쪽도 당연히 그렇겠지만 저희 군에선 이번 일을 아주 심각하게 다루고 있거든요."

"알겠습니다."

"그럼."

대한은 인사한 뒤 먼저 자리에서 일어났다.

다행히 소득은 있었다.

김민환을 통해 강우석이라는 사람의 존재에 대해 알게 됐으니까.

게다가 지역 유지들과 형동생 하는 사이라니.

때마침 대한에게도 아는 문경 유지가 한 명 있잖은가.

대한이 휴대폰을 들어 전화번호부를 찾기 시작했다.

그런데 그때였다.

위이잉-.

울리는 대한의 휴대폰.

그런데 놀랍게도 휴대폰에 뜬 이름은 대한이 찾으려던 사람이었다.

[구현도 조직위원장님]

타이밍이 좋다.

그리 생각하며 대한이 전화를 받았다.

"예, 위원장님."

—어, 김 팀장. 지금 바쁜가?

"아뇨, 안 바쁩니다. 왜 그러세요?"

—잠깐 이야기 좀 하고 싶은데 시간 괜찮으면 나 좀 보지.

"어떤 이야긴지 먼저 여쭤봐도 될까요?"

—그건 만나서 이야기하지.

"……예, 알겠습니다. 어디로 가면 될까요?"

—여기가 어디냐면…….

대한이 받아 적은 주소를 향해 차를 움직인다.

대한은 주소 찍어 준 곳으로 차를 몰고 갔다.

그런데 도착한 곳은 다름 아닌 '블랑카'라는 이름의 룸살롱
이었다.

"허 참."

그래.

지역 유지급이니 술을 먹어도 이런 데서 먹을 순 있지.

나이가 있으니 이런 데서 놀 수도 있고.

하지만 대한에게 룸살롱은 단순한 놀이터보단 접대의 의미
가 더 강한 곳이었다.

'느낌이 안 좋아.'

대한이 차에서 내려 구현도에게 전화하자 먼저 도착해 있던
구현도가 가게에서 나왔다.

"어어, 여기야."

"카페 같은데 안 가시고 여기서 이야기하십니까?"

"에이, 시간도 늦었는데 카페는 무슨. 내가 여기 사장이랑 형 동생 하는 사이인데 그냥 여기서 한잔하지. 술은 내가 살게. 비싼 놈으로다가. 혹시 발렌타인 좋아하나?"

"죄송합니다. 제가 신분이 신분이다 보니 이런 데는 좀 그렇습니다."

"허 참, 젊은 친구가 딱딱하네. 그럼 이야기만 해. 그건 괜찮지?"

"예, 그런 거라면 뭐."

아무리 사람이 유도리가 있어야 한다지만 요즘 같은 상황에 굳이 위험한 행동을 할 필요는 없다.

물론 요즘 분위기가 아니더라도 룸살롱을 드나들 생각은 없지만 말이다.

두 사람은 비어 있는 방을 안내받았고 자리에 앉자마자 구현도가 말했다.

"다른 게 아니고 이번 공사 건 때문에 김 팀장을 좀 불렀어."

아.

그런 거였나.

차라리 잘됐다.

그럼 이 자리를 빌어서 강우석에 대해 물어보면 되니까.

대한이 고갤 끄덕이며 말했다.

"죄송합니다. 공사는 금방 다시 재개될 겁니다."

"아니, 뭐 그것도 그건데…… 일이 어떻게 돌아가고 있나 해서. 짝퉁 철근 때문에 말이 많다면서?"

"예, 가은철강 쪽에서 들여온 철근이 문제인데…… 문제는 가은철강도 자기들은 피해자라고 하는 통에 수사에 진전이 없습니다."

"그렇군. 그럼 말이야…… 만약 뚜렷한 증거가 없으면 그냥 덮고 가는 건 어때?"

"예?"

"아니 말이 그렇잖아. 증거도 없고 가은철강도 피해자라고 주장한다면서? 그럼 진짜 피해자일 수도 있는 거 아냐? 게다가 내가 이번 대회 유치를 위해 얼마나 사활을 걸고 있는데 계속 이런 식으로 지연되면 이도저도 아닌 꼴이 될 텐데…… 그럼 좀 곤란해."

그의 입장이 이해가 안 되는 건 아니다.

하지만 이런 식으로 말하는 건 기분이 나빴다.

그래서 뭐라고 하려던 찰나, 문득 그런 생각이 들었다.

'이 양반이 눈치가 없는 것도 아닐 텐데 갑자기 왜 이러는 거지?'

같이 일해 본 바로 똑똑한 양반은 아니었다.

그러니 처음에 나한테 호되게 혼났지.

그래서 그다음부턴 곧잘 협조하고 말도 잘 들었다.

그런데 갑자기 이런 식으로 나오다니?

게다가.

'사실 이 양반한테 이번 사건은 불이 커질수록 좋은 것 아닌가? 그래야 현 시장이 이미지를 깎아 먹으니까.'

그런데 조용히 덮고 가자?

아무리 문경의 발전을 위한다지만 그의 궁극적인 속내는 다음 시장에 출마하기 위함.

똑똑한 양반은 아니어도 손익계산은 철저한 양반이었다.

'그러니 땅도 내놓은 거고.'

그런데 갑자기 이런 식으로 나오니 이해가 되지 않았다.

'뭐가 좀 수상한데?'

중간에 껴서 눈치만 보던 양반이 갑자기 이러는 게 꼭 누가 뒷목 살살 긁어서 헛바람을 집어넣은 것 같다.

대한은 잠시 계산 끝에 구현도를 한번 떠보기로 했다.

"위원장님."

"응?"

"정말 그렇게 생각하십니까?"

"뭐가 말인가?"

"아니 제가 위원장님이라면 절대로 이번 사건은 그냥 덮고 가지 않을 것 같아서 말입니다."

"……나라면 절대 안 덮으려고 한다니?"

"위원장님은 사실 궁극적으로 시장 출마를 위해 이번 조직위에 참가하신 거잖아요? 그래서 땅도 내놓으신 거고."

"그건…… 그래, 부정할 수 없지. 근데 그게 왜?"

"이번에 저희 차장님이 방문한 건 알고 계시죠?"

"알지. 헬기까지 타고 오셨다면서?"

"예, 그때 저희 차장님이 시장님을 만나면서 하신 약속이 있습니다. 뭐가 됐든 가장 윗선이 적합한 책임을 지자고. 근데 이번 일을 조용히 묻고 넘어가면 오히려 위원장님께 불리한 것 아닙니까?"

"나한테 그게 왜 불리…… 아, 아니 잠깐만. 그런 이야기가 있었다고?"

"예. 제가 그 자리에 같이 있었거든요."

"……?"

금시초문인 표정.

당연히 그럴 수밖에.

애초에 이 이야기는 같이 있던 나밖에 모르는 이야기였으니까.

이윽고 구현도가 머릿속으로 계산기를 돌리더니 손사래를 치며 말했다.

"그, 그러면 당연히 이번 일을 철저하게 조사해야지. 암, 그렇고말고."

"아깐 조용히 덮고 가자면서요?"

"아니, 그건……."

"강우석이죠?"

"뭐?"

"강우석 아닙니까? 위원장님이 갑자기 이러실 리는 없을 테고 그 사람이 위원장님한테 조용히 덮자고 제안했잖아요."

여기서부턴 승부수다.

구현도에겐 여태 강우석의 강 자도 꺼내지 않았다.

그럼에도 아는 척 강우석 이름을 던진 건 대한이 아는 범위 안에서 가장 그럴 듯한 인물이 강우석이었기 때문이다.

물론 틀려도 된다.

이런 식의 떠보기는 아니면 말고니까.

그러나 불길한 예감은 대부분 맞아떨어진다고.

"……어, 어떻게 알았나?"

아니나 다를까, 보기 좋게 맞아떨어졌다.

궁색한 그의 목소리에 대한은 속으로 헛웃음을 터뜨렸다.

'진실을 여기서 이런 식으로 알게 되다니.'

허나 여전히 증거는 없다.

하지만 이번 사건의 배후 격인 인물을 알게 됐으니 이것만으로도 장족의 발전이라고 생각했다.

대한이 대답했다.

"……군의 수사력을 무시하시면 안 됩니다. 이번에 오신 분들 중에는 준장급인 헌병실장님도 오셨습니다."

"준장……! 그럼 이번에 별이 두 개나 왔다는 건가?"

"예."

"허…… 그럼 이번 사건은……."

"예, 사실 거의 다 왔습니다. 그리고 군과 엮인 사건이니 만큼 민간인도 군사법원에 세울 수 있습니다. 그러니 묻겠습니다. 위원장님은 이번 사건과 일절 관련이 없으십니까?"

대한은 그 옛날 회의장에서 구현도를 휘어잡을 때의 눈빛을 했다.

구현도도 그때 생각이 났는지 슬슬 식은땀이 나기 시작했다.

대한이 이어서 말했다.

"판단 잘하십쇼. 제가 언제 위원장님한테 강우석에 대해 아는 척 한 적 있습니까? 그런데도 제 입에서 강우석이란 이름이 나왔다는 건 알 만큼 알고 있다는 겁니다. 강우석 언제 만나셨습니까? 만나서 무슨 이야길 들었습니까?"

"……."

침묵하는 구현도.

그러나 이내 백기를 들 수밖에 없었다.

상황이 여기까지 온 이상, 바보가 아니라면 누구에게 붙어야 하는지 대번에 알 수밖에 없을 테니.

"우석이를 만난 지는 얼마 안 됐네. 처음엔 그냥 술이나 한잔하자고 해서 본 건데 그때 우석이가 그런 부탁을 하더라고. 이번에 가은철강을 소개해 준 게 자기인데 가은철강도 피해자인마당에 일이 갑자기 꼬여서 자기 체면이 말이 아니라고. 그래서 위원장인 나한테 조용히 덮어 줄 수 없겠냐고 부탁하더라."

"향응을 받으셨습니까?"

"그날 술은 우석이가 사긴 했지. 근데 다른 뜻은 아니고 평소에 내가 자주 사서 이번엔 우석이가 산 것뿐이야."

"뭐라고 하면서 덮어 달라고 하던가요?"

"뭘 제공한 건 아니고 김 팀장이랑 비슷한 이야길 했어. 이번 대회를 잘 준비해야 다음 시장 선거 때 내 지지율이 올라갈 텐데 이런 식으로 흐지부지 공사가 지연되면 국제적으로 망신만 당하게 될 테고 그럼 구관이 명관이라고 다음에도 구지환이 시장직을 해먹지 않겠냐고 말이야."

이유를 들은 대한은 자기도 모르게 속으로 감탄했다.

대한이 한 말과 한 끗 차이였지만 참 교묘한 말장난으로 구도현을 주물렀으니 말이다.

대한이 물었다.

"강우석이 지역 유지들이랑 친하다고 하던데, 강우석은 어떤 사람입니까?"

"우석이가 사람 자체는 좋아. 싹싹하니 형님들한테 잘하고 시청에 있는 동안 이것저것 일도 잘 도와줬어. 아, 물론 불법적인 게 아니라 서류 처리 같은 것들 말이야. 우석이가 건설과에 있다 보니 이것저것 도움받을 수 있는 게 꽤 많았거든."

"그래서 이번에 복합적인 이유로 강우석도 도울 겸해서 저한테 이런 제안을 하신 거군요?"

"······그치."

"지금이라도 저한테 말씀하셔서 다행인 줄 아세요. 만약 본 격적으로 일이 진행됐을 때 그때 위원장님 이름이 나왔으면 그 땐 어떡할 뻔했습니까?"

"그, 그건······."

"그리고 상식적으로 지금 의심받고 있는 사람들 때문에 공 사 자체가 지지부진하고 있었는데 어떻게 그 사람들이 피해자 일 수가 있겠어요?"

"의심받고 있는 사람들? 강우석이랑 가은철강 사장 말고 누 가 또 있나?"

아, 이 양반은 최동진 쪽은 잘 모르나?

그럴 수도 있겠군.

대한이 고개를 끄덕이며 말했다.

"예, 군 관계자 쪽으로 하나 있습니다. 아무튼 그래도 위원장 님 덕분에 가닥은 강우석 쪽으로 확실하게 기울었는데······."

가장 중요한 증거가 아직 없다.

그때, 대한의 머릿속에 좋은 생각 하나가 떠올랐다.

"위원장님. 이 참에 지지율 한번 끌어 올려 보시겠어요?"

"지지율? 어, 어떻게?"

"저랑 연극 한번 하시면 됩니다."

"연극?"

대한은 머릿속에 떠올린 바를 구현도에게 이야기하기 시작했고 내용을 듣던 구현도의 눈이 점점 더 커지기 시작했다.

"하실 수 있으시죠?"

"그 정도라면…… 알겠네."

구현도가 비장한 표정으로 고개를 끄덕인다.

✖

그날 밤.

블랑카의 가장 좋은 방에 초대받은 손님이 모습을 드러냈다.

"아이고 형님."

문을 열고 등장한 사람.

강우석이었다.

그는 특유의 넉살 좋은 미소를 지으며 먼저 도착해 있는 구현도에게 인사했다.

그러자 구현도도 반갑게 그를 맞아 주었다.

"동생 왔는가? 다시 보니 참 반갑네 그려."

"하하, 어제도 만나셨는데 또 반가우십니까? 그나저나……."

그가 자리에 앉자마자 은근한 표정으로 물었다.

"그거 어떻게 됐습니까?"

그거.

강우석의 부탁을 말했다.

이번 사건 좀 조용히 덮고 가자는.

그 말에 구현도도 은근한 표정을 지었다.

"잘 해결했지. 내가 누구야? 나, 구현도야. 구현도."

"크…… 역시 형님이십니다. 근데 듣기로는 그 지원 팀장인가 하는 친구가 굉장히 빡빡하다던데……."

"빡빡하지. 애초에 이번 사건도 그 친구가 발견한 거니까. 그리고 이야기 좀 나눠 보니까 애초에 가은철강 사장이랑 최동진이를 묶어서 의심하고 있더라고."

"근데도 형님이 하자는 대로 합디까?"

"솔직히 말하면 내 이야기를 듣더니 그쪽에서 먼저 거래를 제안했어."

"거래요?"

"이번 일로 자기 평정이 엉망이 됐다고 진급은 물 건너갔다고 하더라고. 안 그래도 ROTC 출신에 공병이라 진급길 빡빡한데 완전히 나가리 됐다고. 그래서 장기 지원한 것도 무르려고 생각 중이라던데?"

"근데 무슨 거래요?"

"이번 건 자기가 책임지고 조용히 덮어 줄 테니 용돈 좀 챙겨 달라고 하더라. 학자금도 갚아야 하고 취업 준비하는 동안 여윳돈으로 좀 쓰고 싶다고. 그래서 준모한테 말 좀 전해달라던데?"

"네? 하하하! 그 친구 참 똑똑하네. 하긴, 안 될 싸움을 계속

하는 것보단 이렇게라도 실리 챙기는 게 훨씬 낫긴 하죠. 근데 형님한테도 말씀드렸지만 준모도 피해잔데…….”

“에헤이, 알지 알지. 근데 뭐, 이제 와서 그게 중요하나? 진실은 나중에 선수끼리 따지고 당장은 각자 목적만 맞추자고. 김 팀장이 그러던데? 정말 떳떳하고 가은철강 사장도 피해자면 자긴 어떻게든 수사 끌고 가서 이거 안 끝내겠다고.”

“이야…… 그 친구 꽤나 또라이네요?”

“보통 놈이 아니야. 나도 그래서 초반에 그 녀석한테 말렸잖아.”

강우석은 고민했다.

저쪽은 아예 자신들을 범인이라고 생각하는 것 같은데 기왕 이렇게 된 거 깔끔하게 돈 좀 떼어 주고 끝내는 것도 나쁘지 않은 방법이라고.

게다가 무엇보다도.

‘나한테가 아니라 준모한테 말 좀 전달해 달라는 걸 보면 나에 대해선 전혀 몰라.’

이런 그림이면 별로 나쁘지 않다.

최악의 상황엔 자신이 책임질 게 없으니까.

강우석이 웃으며 말했다.

“알겠습니다. 제가 말을 전달하지요.”

“그러지 말고 지금 볼래?”

“지금요?”

"어, 안 그래도 근처에서 기다리고 있겠다고 하더라고. 아, 걱정하지 마. 혹시 몰라서 내가 반팔 반바지 입혀 놓고 대기 중이니까."

"음……."

고민하는 강우석.

그러더니 이내 고개를 끄덕였다.

"알겠습니다. 오라고 하세요."

"오케이."

강우석의 허락이 떨어지자 구현도가 얼른 대한에게 전화를 걸기 시작했다.

전화를 걸고 얼마 뒤, 블랑카에 대한이 나타났다.

그것도 반팔 반바지 차림의 대한이 말이다.

"안녕하세요?"

방에 들어온 대한은 넉살 좋게 인사했다.

그러자 강우석도 목례하며 반겼고 강우석을 발견한 대한은 자신의 옷을 털어 보이며 말했다.

"혹시나 해서 반팔, 반바지 입고 왔습니다. 휴대폰은 카운터에 맡기고 왔고요. 속옷도 트렁크로 입고 왔습니다. 이렇게요."

대한은 바지를 조금 내려 헐렁한 트렁크를 보였다.

이러는 이유?

녹음기 같은 건 없다고 강우석을 안심시키기 위함이었다.

강우석도 그 의도를 알기에 조금 경계를 풀었다.

"앉으시죠."

그의 손짓에 대한이 강우석의 건너편에 앉았고 구현도가 어색한 분위기를 풀기 위해 대한에게 잔을 채워 주었다.

"하하, 김 팀장. 일단 한 잔 받지. 이쪽은 강우석이라고 건설과에 있다 퇴직한 내 친한 동생이야."

"강우석이라고 합니다. 이번에 세계체육대회에서 지원팀장 직을 맡고 계신다죠?"

"예, 지원팀장으로 파견 나온 김대한 중위라고 합니다. 저 그럼 이분이……?"

"아, 그래 그래. 이 친구가 이번에 가은철강을 건설과에 소개 시켜 준 친구야."

다 알고 있지만 둘 다 모르는 척했다.

구현도의 소개에 대한은 은근한 표정을 지었다.

"으흠."

대한의 은근한 표정에 강우석도 재밌다는 듯 한쪽 입꼬리를 올린다.

그가 말했다.

"무슨 생각하십니까?"

"글쎄요. 저는 가은철강 사장님한테 말씀 전달을 부탁드렸는데 이 자리에 초면인 분이 계시니…… 아, 혹시 호칭은 어떻게 하면 될까요?"

"편할 대로 해 주시죠."

"그럼 사장님이라고 부르겠습니다. 하던 말을 마저 하자면 여기에 사장님이 계신다는 건 위원장님께 그런 부탁을 하신 것도 사장님이라고 생각하면 되겠습니까?"

대한은 에둘러 말하지 않았다.

애초에 여기에 온 컨셉 자체가 따로 한 밑천 받고자 하는 사람이었으니까.

대한은 강우석과 눈을 똑바로 맞추었고 강우석도 대한과 눈을 맞추길 얼마간, 이내 피식 웃음을 터뜨렸다.

"눈빛이 좋네요."

"감사합니다."

"그래요. 제가 그 부탁을 드린 사람입니다. 근데 그게 중요한가요?"

"중요하죠. 제가 보기엔 이번 일에서 가장 큰 발언권을 가지신 분이 사장님 같아 보이거든요."

"제가요?"

"예, 그게 아니면 가은철강 사장이 위원장님께 부탁해도 되는 걸 굳이 사장님이 부탁하실 이유가 없잖아요?"

"준모랑은 오래 알던 사이라 그런 걸 수도 있잖아요."

"사장님."

대한이 양팔을 들어 매끈한 팔뚝을 보이며 말했다.

"저 아무것도 안 가지고 왔습니다. 그리고 전 문경에 파견 온 타지 사람이고 여기 블랑카라는 룸살롱도 오늘이 처음입니다.

그러니 선수끼리 그만 재고 솔직하게 말씀하시죠. 사장님이 원하시는 거, 준비 위원회에서 저만 할 수 있다는 거 잘 아시지 않습니까?"

협상을 하려면 대가리랑 하라고 했다.

그렇기에 대한은 철저하게 모든 걸 잃은 사람처럼 굴었다.

자신은 있었다.

애초에 자신의 떳떳함을 보여 주기엔 이 낯선 동네 자체가 대한에겐 충분한 근거가 되어 주었으니까.

대한이 다시 테이블에 팔을 내려놓자 강우석이 대한을 얼마간 쳐다보다가 구현도를 힐긋 보았다.

그러더니 천천히 입을 열었다.

"그럽시다. 그쪽도 여기까지 일을 벌인 걸 보면 보통 깡 좋은 사람은 아닌 것 같은데."

"감사합니다. 그럼 사장님이 실권자라고 알고 거래를 진행하면 되겠습니까?"

"예, 그러시죠. 근데 갑자기 이러는 진짜 이유가 뭡니까? 언제는 절대 안 놓아줄 것처럼 무섭게 물어뜯고 다녔다던데."

"전 그냥 제가 할 수 있는 일에 최선을 다할 뿐입니다. 그리고 따지고 보면 이것들 다 먹고 살자고 하는 짓 아니겠습니까? 제가 ROTC 출신입니다. 평정도 좋았고 장기도 선발됐죠. 그래서 그 능력을 인정받아 중위에 지원팀장으로 파견된 건데 여기 와서 모든 게 어그러졌습니다."

대한은 눈앞에 놓인 술잔을 비운 후 다시 말을 이었다.

"파견 나온 군인은 현장 지휘관한테 평정을 받습니다. 그리고 여기서 제 평정을 써 주시는 분은 별 두 개짜리 차장님이십니다. 근데 다른 사람도 아니고 참모차장님한테 털렸습니다. 아니 아주 제대로 실망을 안겨 드렸습니다. 그런 상황에 병과까지 공병인 제가 소령 진급이 가능할 거라고 보십니까?"

"그건 자기 하기 나름 아닙니까?"

"아뇨, 못 합니다. 다들 장기 하려는 거 연금 하나 보고 소령까지 달리는 건데 전 대위에서 삥이치다 강제로 밀려나긴 싫거든요. 그래서 일찍이 익절하려는 겁니다. 다행히 저한텐 아직 저를 팔 수 있는 밑천이 있고 이렇게 눈앞에 구매자도 계시잖아요?"

할 말은 다 했다.

그런데 둘러대려고 뱉은 말치고는 뱉다 보니 나도 모르게 진심이 섞였다.

'뭐, 아주 틀린 말은 아니니까.'

그래서일까?

둘러대기 위해 뱉은 거짓말인데도 불구하고 강우석은 그 말에서 진심을 느꼈다.

그가 술병을 들어 대한에게 잔을 권했다.

대한은 잔을 받아 그의 술을 받았고 그가 술을 따라 주며 말했다.

"대한민국 군대 참 족같다, 그죠?"

"……군대가 언제는 좋았겠습니까."

"저도 간부 출신입니다. 근데 군 생활이 너무 부조리해서 사회로 나와 공무원 생활을 시작했습니다."

음? 이건 몰랐는데?

근데 저 나이면 부조리가 심할 때긴 했다.

아, 물론 그의 말에 공감한다고 그를 동정한다는 건 아니다.

공과 사는 충분히 구분하니까.

그의 말이 이어졌다.

"근데 공무원 생활이라고 딱히 다른 건 없더라고요. 그래서 그냥 살았습니다. 살다 보니 여기까지 온 거고. 그래요, 팀장님 말마따나 반팔 반바지까지 입고 오신 분인데 이제 와서 뭘 더 숨기겠습니까? 말씀하신 대로 이번 건만 잘 덮어 주시면 제가 넉넉하게 챙겨드리겠습니다."

"돈부터 주십니까?"

"선수금으로 절반, 나머지는 일이 다 끝나고 또 절반."

"금액은요?"

"얼마나 필요하신 대요?"

"얼마나 주실 수 있는데요?"

"허허, 어떻게 한 끗을 안 지십니다. 그럼 최소 금액을 불러 주시죠."

"그럼 한 장 됩니까?"

"에이, 한 장은 너무 갔습니다. 설마 그 한 장이 천만 원은 아닐 거 아녜요."

"그럼 그 반절이라도 주십쇼. 저도 제 군 생활 포기하고 받아 가는 퇴직금인데 그 정도는 돼야 신념을 팔지 않겠습니까?"

"오천이라……."

오천.

적당한 액수라고 생각했다.

오천은 사회초년생에게 절대로 적은 돈이 아니었고 욕망을 증명하기에도 충분한 숫자였으니까.

그는 잠시 고민하더니 손가락 2개를 접었다.

"3천 하시죠. 저도 남는 게 있어야 하니까."

"……4천."

"알겠습니다, 4천."

"애초에 4천을 생각하고 계셨군요?"

"하하, 설마요. 그럼 며칠 안에 2천 먼저 드리겠습니다."

"현금으로 주시나요?"

"예, 현금으로 드려야죠."

"알겠습니다."

"그럼 이제 좀 마실까요? 모처럼 이야기도 잘 풀렸는데?"

근심이 모두 해결돼서 그런지 그가 방긋 웃는다.

덕분에 대한도 웃음이 났다.

'그래, 실컷 웃어라. 그게 네 마지막 웃음이 될 테니까.'

그러니 지금부터가 진짜였다.

마음을 열었으니 이제 남은 건 진짜 증거를 만들어야 했으니까.

'아직 들어야 할 대답도 많고.'

대한이 술잔을 들며 말했다.

"덕분에 비싼 술을 다 마셔 보네요."

"술은 좀 하십니까?"

"없어서 못 먹죠."

"이야, 맨날 술 마시면 저만 살아남아서 심심했는데 오랜만에 대작하겠네요."

"기대하겠습니다."

짠!

두 사람의 잔이 부딪친다.

동시에 대한은 마음을 굳게 먹었다.

'정신 바짝 차리자. 기회는 지금뿐이다.'

대한의 사활이 걸린 대작이 시작됐다.

※

쿵!

시간이 얼마나 지났을까?

가장 먼저 쓰러진 건 구현도였다.

구현도가 앞으로 고꾸라지자 강우석이 얼큰한 목소리로 웃었다.

"크크, 그래도 오늘은 꽤 버티셨네."

"평소에도 이렇게 드십니까?"

"가끔 먹죠. 오래 보고 지낸 분들이니까. 근데 술은 내가 제일 셉니다. 근데 이제 술도 웬만큼 나눴는데 말 좀 편하게 해도 됩니까?"

"저한테 술로 이기시면 그렇게 해 드릴게요. 그전까진 긴장감 유지하는 게 좋지 않습니까. 아직 돈도 못 받았는데."

"호오?"

사기꾼이랑 말 놓고 싶진 않다.

그래서 술로 강짜를 부렸는데 오히려 그게 강우석의 호감을 산 듯했다.

"재밌는 분이시네. 흐흐, 근데 고작 실수 한 번 했다고 너무 빨리 군 생활 던지시는 거 아닙니까?"

"제가 육사였으면 신경도 안 썼을 겁니다. 근데 학군단이지 않습니까. 요즘 같은 세상에 넘쳐나는 게 학군인데 그 한 번이 치명적입니다. 게다가 다른 사람도 아니고 쓰리스타의 질책인데 전 뒷배도 없어서 그 질책, 감당 못 합니다."

"크크크크크, 맞죠, 맞죠. 어쩌면 군대는 빨리 나오는 게 상책일 수도 있습니다."

"그런 의미에서 궁금한 게 좀 있는데 물어봐도 됩니까?"

"뭔데요?"

"저한테 사천이면 최동진 시설장교는 얼마나 주셨습니까?"

"아, 동진이요?"

"동진이? 벌써 형동생 하는 사이십니까?"

"크크크……."

대한의 물음에 그가 킬킬 웃는다.

그러더니 손에 쥔 잔을 빙그르르 돌리며 말했다.

"형동생 하는 사이가 아니라 진짜 형동생 사이입니다."

"……네?"

"촌수로 따지면 팔촌이나 구촌쯤 되나…… 아무튼 원래는 사돈에 팔촌 정도로 남남이었는데 정말 우연한 기회에 알게 됐습니다. 우리가 가족이란 걸."

"그럼 설마……?"

"예, 정말 우연찮게 아다리가 맞아떨어졌습니다. 동진이가 저랑 가족이란 걸 알게 된 것도, 제가 문경에 있는 것도, 또 하필이면 문경에 세계군인체육대회가 열리게 된 것도요."

"……!"

이게 말이 된다고?

하지만 가끔 현실이 더 드라마 같을 때가 있다.

지금이 딱 그 짝인 듯했다.

대한이 물었다.

"그럼 최동진 대위가 공병도 아닌데 여기 지원한 이유가 혹시······."

"제가 하라고 했습니다. 마침 시기도 맞겠다, 저도 은퇴했겠다. 모든 게 준비가 됐는데 이런 기회를 놓치면 바보 아닙니까? 원래 나랏돈은 먼저 먹는 사람이 임자입니다."

물론 나랏돈은 먼저 먹는 게 임자라 할 만큼 누구나 혈세 빼먹으려고 혈안이긴 했다.

하지만 그런 말이 있는 반면에, 나라에 세금이 모자란 게 아니라 도둑놈이 너무 많다는 말도 존재한다는 게 문제지만.

'바로 너 같은 놈들 때문에 생겨난 말이지.'

그래도 덕분에 경험도 없는 최동진이 왜 이리로 오고 싶어 했는지, 또 어떻게 타이밍이 잘 맞아떨어졌는지 미스터리가 풀렸다.

그런데 그 말을 듣고 나니 문득 그런 생각이 들었다.

"그럼 설마 가은철강 사장이랑도 가족 관계이십니까?"

"에이, 설마요. 그놈은 제 고등학교 후배입니다. 기수 차이는 좀 나지만 문경에서 알게 돼 각별하게 지내고 있었죠."

"결국 학연, 지연, 혈연이었군요."

"세상사 다 그런 거 아니겠습니까?"

"부럽습니다."

"크큭, 부럽긴요. 살다 보면 이런 기회가 몇 번 정도 옵니다. 어쩌면 이번 사건이 팀장님한테는 기회일지도 모르죠. 군인 해서 언제 사천이라는 큰돈 만져 보겠습니까?"

"하하, 그거야 뭐…… 근데 확실히 기회는 기회네요. 덕분에 좋은 경험 합니다."

"별말씀을."

"그럼 철근은 어디서 공수하신 겁니까? 한두 개가 아니던데요?"

"후후, 평소에 궁금한 게 아주 많으셨나 봅니다?"

"제 모든 걸 내려놨는데 이 정도 진실을 알 자격은 되지 않나요?"

"하하! 그쵸. 그 정도면 알 만하죠. 근데 이건 진짜 영업 비밀이라서……."

"진짜 이러실 겁니까?"

"하핫, 알겠습니다. 하지만 세상에 공짜는 없습니다."

말을 잇던 강우석이 반쯤 녹은 얼음통을 자기 앞으로 가지고 왔다.

그런 다음 근처에 굴러다니는 양주병을 들어 얼음통 가득 양주를 채우더니 담배 한 모금을 깊게 빨아들인 후 얼음통을 대한에게 밀었다.

"말 편하게 하고 철근 이야기 들을래요? 아님 이거 마시고 들을래요?"

이 새끼가…….

대한은 한숨을 한번 쉬더니 얼음통과 강우석을 한 번씩 번갈아 가며 보았다.

그런 다음 길게 숨을 뱉은 후 얼음통을 집어 들고 입속에 들이붓기 시작했다.

내가 진짜 사기꾼이랑 말 놓기는 싫거든.

＊

다시 정신을 차렸을 때 대한이 눈을 뜬 곳은 인근의 모텔이었다.

깜짝 놀란 대한이 휴대폰을 확인하자 부재중이 가득 찍혀 있었다.

시간은 정오.

휴대폰을 확인한 대한이 미간을 찌푸리다 몰려오는 두통에 다시 침대에 누웠다.

"하……."

그러나 깨질 것 같은 머리에 비해 대한의 입꼬리는 올라가 있었다.

대한은 다시 휴대폰을 들어 박찬희의 부재중을 뒤로한 채 구현도의 번호를 찾았다.

다행히 20분 전쯤에 구현도의 부재중 전화가 찍혀 있다.

말인즉, 구현도가 먼저 일어났다는 말.

대한이 그에게 전화를 걸었다.

-어, 김 팀장.

"저 지금 일어났습니다."

―고생했네. 어젠 진짜 버텨 보려고 했는데 도무지 버틸 수가 없겠더라고. 그래서 김 팀장 믿고 먼저 쓰러졌는데 나중에 들어 보니 말 놓기 싫어서 얼음통째로 원샷 때렸다며?

"예, 유도리 좀 발휘할까 싶었는데 괜히 오기가 생기더라고요. 그래서 말인데…… 녹음기랑 영상은 확보하셨습니까?"

녹음기랑 영상.

말 그대로였다.

여태 심증만 있고 증거는 없었기에 일부러 함정을 설치했다.

마침 블랑카 사장이랑 구현도가 형동생 하는 사이라고 하니 협조받기도 쉬웠고.

그래서 방 곳곳에 녹음기랑 카메라를 설치해 둔 것.

그래서 반팔에 반바지 같은 쇼맨십을 벌인 것이다.

적을 속이기 위한.

구현도가 웃으며 말했다.

―안 그래도 방금 회수해서 내용 확인했는데 둘 다 양호해. 바로 가져가면 될 것 같아.

"제가 기억이 안 나서 그러는데 짝퉁 철근 출처도 말하던가요?"

―어, 안 그래도 영상 돌려 봤는데 보니까 김 팀장은 취해서 고개 끄덕이고 있고 우석이도 취해서 철근 출처 이야기 막 하더라. 근데 그 와중에 우석이도 술 먹일 생각을 다 했어?

"예? 제가 그 사람한테요?"

—얼레? 기억 안 나나 보네? 영상 보니까 우석이가 준 얼음통 다 받아 마시고 김 팀장이 그 얼음통 그대로 양주 부어서 똑같이 권하던데? 반말하고 싶으면 이거 마시라고.

미친. 내가 그랬다고?

전혀 기억이 없는데?

대한이 조심스레 물었다.

"그, 그래서 마시던가요?"

—개가 술부심이 있어서 그런지 그놈도 먹던데? 그래도 중요한 건 다 말했어. 그 장면이 하도 신기해서 배속 안 하고 정속으로 다 돌려봤거든. 철근 출처에 대해서도 다 말하더라.

와.

진짜 다행이었다.

그게 제일 중요한 건데 말 안 했으면 어쩔 뻔했을까?

—지금 물랑 모텔이지? 거기서 기다려. 내가 그리로 갈 테니까.

"어떻게 아세요?"

—거기가 블랑카 협업 숙박업소거든. 손님들 너무 취해서 차도 못 타면 다 그리로 보내서 재워. 애초에 여긴 촌구석이라 대리도 잘 없거든.

"아아……."

—해장국이나 한 그릇 하지. 근처에 기가 막힌 데 알고 있거

든.

"예, 알겠습니다."

─근데 알지? 나중에 내 이야기 잘 풀어 주는 거. 나 진짜 김 팀장 믿고 협조한 거야?

"사람들은 늘 영웅담에 환호하지 않습니까. 사기꾼한테 당한 구지환 시장님보단 사기꾼을 잡기 위해 함께 한 구현도 시장을 더 좋아해 줄 겁니다."

─오케바리! 그럼 이따 보자고!

구현도의 잔뜩 신난 목소리.

그렇게나 좋을까?

전화를 마친 대한은 몰려오는 두통에 잠시 휴대폰을 내려놓았다. 그러나 이내 다시 휴대폰을 들어 어디론가 전화하기 시작했다.

"예, 충성."

대한이 전화 건 사람.

다름 아닌 박찬희였다.

무단결근 중이니 일단 보고를 해야 했으니까.

✳

박찬희는 대한에게 전화가 오자마자 혼내기보다는 걱정부터 했다.

절대로 무단결근 안 할 것 같은 애가 무단결근을 했으니 당연히 걱정이 들 수밖에.

그래서일까? 무단결근 사유를 듣던 박찬희는 대한을 혼내기는커녕 칭찬을 아끼지 않았다.

─진짜 고생했다. 여긴 걱정 말고 해장국 한 술 하고 천천히 와. 차장님한테는 내가 연락드릴게.

"아닙니다. 제가 직접 드리겠습니다. 다시 한번 무단결근 건에 대해 죄송합니다."

─죄송하긴? 너 아까 출근했다가 잠시 출장 나간 거잖아. 근데 무슨 무단결근?

박찬희의 시치미에 대한이 씩 웃는다.

이런 센스쟁이 같으니라고.

덕분에 구현도와 여유 있게 해장을 한 후 대한은 그에게 녹음기와 영상을 받아 들고 사무실로 복귀했다.

그런 다음 이내 파일을 복사해 형사들에게도 전달해 주었다.

'강우석 그놈, 눈 뜨자마자 깜짝 놀라겠구만.'

본인도 겨우 일어났는데 강우식은 아직 눈도 못 떴을 것이 분명했다.

일어났다면 연락을 했겠지.

형사들은 대한이 보낸 파일들을 확인하고는 곧장 대한에게 다시 연락했다.

대한은 그들에게 상황 설명을 간략히 해 주고 친절히 강우석의 주소도 알려 주었다.

강우석의 주소는 구현도에게 들었다.

'일단 이쪽은 이 정도면 대강 끝난 것 같고.'

이제 남은 건 군이 처리할 것들뿐.

대한은 곧장 김현식에게 전화를 걸었다.

"충성! 통화 괜찮으십니까?"

―어, 충성. 말해라.

"차장님, 제가 이번 사건 배후를 잡았습니다."

―……뭐?

"증거도 확실합니다."

―그게 무슨 말이야?

대한은 김현식과 헤어지고 난 이후 오늘 아침까지 벌어졌던 일들에 대해 약식으로 설명했다.

그러자 김현식이 듣는 내내 미간을 좁히더니 이내 깊게 감탄사를 뱉으며 말했다.

―너란 놈은 진짜…… 고생했다. 기다리고 있으면 금방 가마.

"직접 오십니까?"

―당연히 직접 가서 처리해야지. 내 그놈들 분통 터뜨리는 꼴을 눈앞에서 봐야 직성이 풀리겠다.

"예, 그럼 기다리고 있겠습니다."

이제 남은 건 그를 기다리는 것뿐.

시간을 확인한 대한은 곧장 박찬희를 호출했고 두 사람은 헬기 소리가 들려오기까지 사무실에서 대기했다.

그렇게 몇십 분 후, 멀리서 헬기 소리가 들려오자 두 사람은 즉시 옥상 헬기장으로 향했다.

이윽고 헬기가 도착하자 김현식과 헌병실장이 보였다.

그런데 두 사람 뒤에 한 명이 더 타고 있었는데 대한도 익히 아는 얼굴이었다.

'어라?'

대한이 아는 얼굴.

다름 아닌 천용득 대령이었다.

이윽고 헬기에서 먼저 내린 김현식이 두 팔 벌려 대한을 안아 주었다.

"고생했다, 김 팀장. 정말 고생했어."

"아닙니다!"

"아니긴! 결국 네가 잡은 건데! 안 그래?"

김현식이 뒤에 있는 이들에게 질문하자 두 사람 모두 고개를 끄덕였다.

"맞습니다. 저놈 저거, 볼수록 탐이 납니다.

"하하, 제가 그랬지 않습니까. 공병으로 있기엔 참 아까운 인재라고."

헌병실장은 그렇다 쳐도 이 양반은 왜 여기 있어?

대한이 놀란 얼굴로 물었다.

"천 대령님은 여기 어쩐 일이십니까?"

"자식, 오랜만에 보는데 이렇게 귀신 보듯 보기 있냐? 이번에 진급하면서 다음 보직 가기 전에 육본에서 대기 중이었다. 그러던 중에 헌병실장님께 잡혀서 이렇게 온 거고."

아아.

그런 사연이 있었구만?

천용득의 말에 곁에 있던 헌병실장이 피식 웃으며 말했다.

"제대로 조지려면 나 하나로는 부족한 것 같았거든. 그나저나 증거는 어디 있나?"

"아, 사무실에 내려가시면 바로 보실 수 있도록 세팅해 놨습니다."

"오케이, 그럼 회포는 조금 있다 풀고 일단 증거부터 확인하자고."

웃으면서 말하지만 대한은 느껴졌다.

그의 목소리 아래 눌려 있는 은은한 분노가.

당연히 그럴 수밖에.

저번에 서준모한테 그런 조롱을 당했는데 어떻게 두 다리 뻗고 잘 수 있을까?

대한은 장군들과 함께 사무실로 이동해 증거 영상부터 틀어 주었다.

세 사람은 얼마간 영상을 보더니 반바지와 반팔을 입고 나타난 대한을 보며 웃기도 잠시, 강우석의 자백 퍼레이드에 헛웃음을 터뜨렸다.

"정신 나간 놈일세."

"공무원이었다는 놈이 하는 꼬라지 하고는……."

"그나저나 쌍팔년도도 아니고 뭔 얼음통에 술을 담아 먹냐?
영화를 너무 본 거 아냐?"

이후, 대한과 강우석이 차례로 쓰러지고 영상이 마무리되었
다.

대한이 자리에서 멋쩍게 웃자 김현식이 흡족함에 고개를 끄
덕였다.

"잘했다."

"감사합니다."

"정말 잘했어. 정말 치열하게 싸웠구나. 내 군 생활 이래 이
렇게 치열한 전투는 처음 본다."

전투라.

그래 전투라면 전투였지.

넥타이 부대도 사무실에서 서류 전쟁을 치르니까.

그래도 전투라는 표현이 민망해 대한이 어색하게 웃었다.

"……하하."

"그나저나 시설장교…… 아니, 최동진 그 자식은 지금 어디
있나?"

김현식의 물음에 박찬희가 대신 답했다.

"현장에 사무실 하나가 있는데 거기 대기하면서 남아 있는

자재들 관리하라고 지시해 뒀습니다."

그 말을 들은 김현식이 천용득을 불렀다.

"천 대령, 가서 잡아 와."

"예, 알겠습니다!"

천용득이 씩씩한 목소리로 답하고는 대한을 바라봤다.

왜 쳐다보는 거지?

의문은 금방 풀렸다.

대한이 눈치껏 자리에서 일어났다.

"금방 다녀오겠습니다."

"그래, 조심히 다녀와라."

대한과 천용득은 사무실에서 빠져나와 주차장으로 이동했다.

그리고 곧장 최동진이 대기 중인 현장으로 향했다.

대한이 천용득에게 웃으며 말했다.

"육본에서는 힘 못 쓰시는 가봅니다?"

"어우, 말도 마라. 커피 타기 바쁘다."

"그나저나 다음 보직은 어디로 가실 예정이십니까?"

"아직 보직 조정 중이라 확정된 건 없는데 아마 가더라도 군단급으로 가겠지?"

"이야, 이제 군단 참모 되시는 겁니까?"

대한은 군단의 참모를 맡아 본 경험이 없었다.

그도 그럴 것이 군단에는 대위나 소령 참모가 드물었으니까.

'거긴 중령이 막내를 맡는다고 해도 과언이 아닌 곳이지.'

천용득이 대한의 말에 한숨을 내쉬었다.

"좋아 보이냐? 거기 가면 또 눈치 봐야 돼."

"그게 헌병 병과가 가진 매력 아니겠습니까. 어딜 가든 막내로 있을 수 있는."

"이 나이 먹고 막내 자리가 좋겠냐. 매력은 개뿔."

그렇게 이동하길 잠시, 현장 사무실에 도착한 두 사람이 차에서 내려 사무실 문을 열었다.

사무실 안에는 최동진이 소파에 누워 폰을 보며 키득거리고 있었는데 그걸 본 천용득이 미간을 찌푸리며 말했다.

"하…… 이 새끼 하는 꼬라지 봐라."

"뭐야? 누구…….'

뒤늦게 천용득을 본 최동진은 천용득의 계급장을 보자마자 얼른 자세를 바로 했다.

"추, 충성!"

"충성은 개뿔…… 가자."

"어, 어딜 말씀이십니까?"

"나 육본 헌병실에 있는 대령이야. 그리고 널 직접 데리러 왔고, 이만하면 설명은 충분하지?"

헌병실이라는 말에 최동진의 눈이 확장된다.

곁에 대한도 있으니 어느 정도 예상은 됐다.

하지만 예상이 될 뿐, 아직 증거는 없지 않은가.

그렇기에 눈치 없이 되물었다.

"허, 헌병실에서 절 왜 데려가십니까?"

그 순간.

"야."

"예?"

"예? 이 새끼가 미쳤나, 관등성명 안 대?"

"대, 대위 최동진!"

"적당히 깝죽대라. 너 여기 보는 눈 없었으면 진작에 죽탱이 돌렸으니까."

"……."

최동진이 합죽이가 된다.

그 모습을 본 대한이 말했다.

"다 끝났습니다. 어제 팔촌인지 구촌인지 하는 분이랑 이야 기 다 끝냈으니 그냥 따라오시면 됩니다."

"그, 그게 무슨 말이야? 다 끝냈다니?"

"강우석 씨 말입니다. 설명 더 필요합니까?"

"……!"

대한의 입에서 강우석 이름 석 자가 나오자 최동진의 눈동자 가 본 것 중 가장 크게 확장됐다.

그 표정을 본 대한이 아랑곳하지 않고 말했다.

"다 끝났습니다. 두 분 사이가 어떤 사이인지, 또 가은철강 사장이랑 강우석 씨가 어떤 사이인지. 그리고 짝퉁 철근 출처가 어딘지도 말입니다. 아, 경험도 없는 분이 왜 이곳에 지원했는지도 말입니다. 그러니 조용히 따라오십쇼."

대한의 말이 이어질수록 그의 얼굴이 표백이라도 된 것처럼 새하얗게 질렸다.

아마 발가벗겨진 기분일 테지.

그리 말하며 대한과 천용득이 먼저 밖으로 나가자 최동진이 두 사람을 조용히 따라왔다.

그리고 두 사람이 차에 탑승하려는 순간.

"어…… 야! 어디가 이 새끼야!"

최동진이 미친 듯이 도망치기 시작했다.

순간 잘못 본 줄 알았다.

미친놈 아냐 저거?

그렇기에 대한은 천용득에게 물어보고 자시고 할 것도 없이 일단 달렸다.

'최정예 전투원 가오가 있지, 내가 너 하나 못 잡겠냐?'

아마 이 자리에 천용득 혼자 왔다면 최동진은 도주에 성공했을 것이다.

아무리 천용득이 관리를 잘했다고 해도 천용득 나이가 얼만데.

하지만 아쉽게도 이 자리에는 대한이 함께였고 대한은 순식간에 그와 거리를 좁혀 최동진을 붙잡을 수 있었다.

"놔! 시발 놓으라고!"

"가만히 있으십쇼."

"아아악!!"

포승줄이나 케이블 타이가 있었다면 좋을 텐데.

대한은 발악하는 최동진의 팔을 꺾어 순식간에 제압했고 거의 끌고 오다시피 해서 차에 집어넣었다.

그걸 본 천용득이 입에 담배를 물며 혀를 찼다.

"쯧쯧, 치타 앞에서 도망칠 생각을 다 하다니."

"제가 치타입니까?"

"최정예 전투원이면 충분히 치타 하고도 남지."

"하하, 근데 이대로 넣어 두기엔 좀 불안한데 혹시 포승줄이나 케이블 타이 있으십니까?"

"안 그래도 챙겨 왔다. 여기."

오.

생각보다 꼼꼼한 양반이구만?

대한은 케이블 타이를 받아 최동진의 손발을 묶으며 말했다.

"곱게 가시지 이게 무슨 추태입니까?"

"하…… 씨발……."

"욕은 하지 마시고."

그때 입술을 잘근 깨물던 최동진이 말했다.

"대령님, 이러지 마시고 저랑 협상을 좀 하시는 게 어떻습니까?"

진심인가?

대한이 황당해서 가만히 쳐다보자 담배를 피우던 천용득이 흥미를 보이며 다가왔다.

　"이 새끼 봐라? 그래 한번 들어나 보자. 무슨 협상?"

　"저 지금 풀어 주시면 바로 오천 드리겠습니다."

　"오억이 아니고?"

　"예?"

　"그 정돈 나도 있어. 아니 근데 이 새끼는 아까부터 자꾸 예예 거리네? 너 뭐 신나냐? 관등성명 안 대?"

　"하……."

　"한숨은…… 그나저나 대한아, 너도 똑똑히 들었지? 이놈 스스로 자백하는 거."

　"예, 들었습니다."

　"근데 그 강우석이라는 놈 참 째째하네. 너는 사천 주고 얘는 오천 주고. 그럼 그놈은 대체 얼마를 해 처먹었다는 거야?"

　"몇억은 해 먹지 않았겠습니까?"

　"쯧쯧, 고작 몇억에 인생을 태우다니."

　"그러게나 말입니다."

　"얼레? 넌 왜 공감해? 너 돈 많아?"

　"많지는 않지만 그래도 그 정도에 혹하진 않습니다."

　"허허, 자식."

　이윽고 두 사람은 차를 몰아 시청 주차장에 도착했다.

　주차장에 도착한 대한이 그의 케이블 타이를 끊어 주려 하자 천용득이 손을 저었다.

"어어, 놔둬. 한번 튀려고 한 놈을 뭘 믿고 풀어 줘?"

"예, 알겠습니다."

대한은 최동진을 잡은 채 사무실로 이끌었고 최동진은 대한의 옆에서 연신 퉁퉁거리며 힘겹게 이동했다.

그렇게 사무실로 복귀하자 김현식이 천용득에게 물었다.

"뭐야. 저놈 왜 저래?"

"현장에서 시청으로 이동하기 직전에 도주를 시도했고 김 팀장이 뛰어가서 잡아 온 뒤로 혹시 몰라 결박했습니다."

"도주? 하, 이 상황에 도주를 하려고 해?"

김현식이 최동진을 노려보는 한편, 헌병실장은 대한이 최동진을 잡았다는 말에 웃음을 터트렸다.

"하하! 김 팀장이 직접 뛰어가서 잡은 거야?"

"아, 예. 조금 뛰었습니다."

"미치겠네, 진짜. 대한아, 너 진짜 헌병 안 올래?"

"하하……."

대한이 어색하게 웃으며 천용득에게 도움의 눈빛을 보냈다.

그러다 피아식별을 잘못했다는 걸 깨닫고 황급히 시선을 옮겼다.

'믿을 사람을 믿어야지.'

다 같은 헌병인데 누가 누구한테 SOS를 보내겠나.

대한이 어색하게 웃자 헌병실장이 코를 찡그리며 웃었다.

"뚝심 있는 놈. 공병에 뭐 꿀이라도 발라 놨냐? 왜 이렇게 목석 같아?"

"하하…… 죄송합니다."

"그래도 나 포기 안 했다? 옛말에 삼고초려가 있고 열 번 찍어 안 넘어가는 나무 없다고 했어."

어후, 부담스러워라.

대한은 다시 한번 어색하게 웃어 보인 후 얼른 최동진을 두 장군 앞으로 데려다 놓았다.

김현식이 최동진을 매섭게 노려보는 것도 잠시, 헌병실장에게 말했다.

"조사하고 있을 거지?"

"예, 어디 다녀오실 겁니까?"

"강우석 그 양반 얼굴 좀 보고 오려고."

"아……."

강우석 좀 보고 오겠다는 말에 헌병실장이 낮게 탄식하기도 잠시, 무어라 말하려던 찰나 김현식이 먼저 웃으며 말했다.

"걱정 마, 조용히 보고 올 테니까."

"……알겠습니다."

헌병실장이 걱정할 정도면 저 양반도 한 성깔 하나 보네.

김현식이 자리에서 일어나자 대한도 자연스럽게 일어났다.

이번에도 부관 없이 왔으니 대한이 부관 노릇을 해야 하지 않겠는가.

대한이 자연스럽게 운전석에 타자 김현식이 말했다.

"김 팀장아, 너희가 최동진 데리고 오는 동안 증거들 좀 확인해 봤는데…… 구현도 그 양반은 이번 사건이랑 아예 상관없는 사람인 거냐?"

"예, 오히려 저를 위해 장소도 섭외해 주시고 연기까지 해 주신 분입니다."

"조직위원장을 섭외해서 이런 일을 꾸몄다…… 너도 참 대단하다. 아니, 대단한 놈인 줄은 알았지만 이 정도로 대단한 줄은 몰랐다."

"하하, 과찬이십니다."

"아냐, 진심이야. 이번에 널 지원팀장으로 앉힌 게 내 군 생활 선택 중 가장 잘한 선택인 것 같다."

쓰리스타가 이렇게까지 칭찬해 주니 몸 둘 바를 모르겠네.

대한이 웃으며 말했다.

"좋은 자리에 앉혀 주셔서 좋은 판단을 할 수 있었던 것 같습니다. 다 차장님 덕분이라 생각합니다."

"하하, 이놈 이거 칭찬해 줄 맛이 나는 놈이었구만?"

당연하지.

오가는 게 있어야 더 돈독해지지 않겠나.

김현식이 미소를 짓는 것도 잠시 대한에게 물었다.

"김 팀장아."

"중위 김대한."

"너 목표가 어디야?"

"계급 말씀하시는 겁니까?"

"그래, 너 진짜 연금 보고 소령 노리고 있냐?"

"아, 그건……."

증거 파일에 녹취되어 있던 말.

아무래도 그 말이 신경 쓰였나 보다.

육사 출신인 그였지만 그가 학군 출신들의 고충을 모르는 건 아니었으니까.

대한이 웃으며 말했다.

"절대 아닙니다."

"그럼?"

"이왕 하는 군 생활, 저도 장군 한번 달아 보고 싶습니다."

"하하! 장군이면 공병에서 최고가 되려는 거냐? 그래, 사내 자식이 그런 맛이 있어야지. 난 진짜 네가 소령 연금만 보고 있는 거면 실망할 뻔했다. 그래, 그럼 장군만 되면 소원 성취하는 거냐?"

"아닙니다. 이왕이면 대장까지 한번 가 보고 싶습니다."

"대장?"

"예, 장교로 시작했으면 야전사령관쯤은 한번 해 봐야 하지 않겠습니까?"

"하하! 그래, 목표는 그런 게 목표지. 암!"

김현식 기분 좋으라고 한 말이 아니었다.

대한은 진심이었다.

로또와 투자 덕분에 경제적 자유를 얻었고 다시 한번 하기로 한 군 생활, 이왕이면 대장 한번 해 봐야 하지 않겠나.

'내 출신이 어떻든 그런 건 중요한 게 아니지.'

그래서일까?

대한의 패기 넘치는 대답에 김현식은 대한에게서 자신의 옛날 모습이 겹쳐 보였다.

"잘해 봐라. 꽉꽉 밀어줄 테니."

"감사합니다."

그가 대한의 어깨를 두드려 주며 응원하길 잠시, 얼마 뒤 두 사람은 강우석의 집에 도착할 수 있었다.

그런데 강우석의 집 앞에는 먼저 온 손님들이 있었다.

형사들이었다.

타이밍 좋게 집 앞에서 만난 형사들이 대한과 김현식의 군복을 보고 아는 체하기도 잠시, 김현식의 계급장을 보고 두 눈을 휘둥그레 떴다.

형사들의 반응에 대한이 말했다.

"부담스러워하지 않으셔도 됩니다. 강우석 씨랑 잠깐 대화할 게 있으셨다고 오신 것뿐입니다."

"아, 예. 그런 거라면 뭐……."

"그나저나 안 들어가시고 뭐 하십니까?"

"아, 조금 전에 도착해서 벨을 눌러 봤는데 안에서 안 열어 주네요."

집에 없나?

아님 아직 안 일어났나?

대한이 집 앞에서 강우석에게 전화를 걸었으나 그는 전화를 받지 않았다.

"전화도 안 받는데 자고 있을 수도 있을 것 같습니다. 어제 저랑 술을 많이 마셨거든요."

"보니까 거의 말통으로 드시던데…… 근데 중위님은 괜찮으십니까?"

"전 해장하고 왔습니다. 근데 계속 여기서 기다릴 순 없고 담이라도 넘어야 하지 않겠습니까?"

"여길요?"

대한의 말에 자리에 있던 사람들이 강우석의 집 담벼락을 보았다.

그의 집은 으리으리한 단독주택이었는데 담벼락 높이만 족히 3미터는 되어 보였다.

대한이 말했다.

"오케이 하시면 제가 넘겠습니다."

"가, 가능하다고요? 이 높이를?"

"군대 철조망도 넘는데 이런 건 쉽죠."

대담한 대한이 김현식을 한번 보았고 김현식이 고개를 끄덕이자 대한은 멀찍이 떨어져 달려와 도움닫기 한 번 후 가볍게 담벼락 끝에 매달리는 데 성공했다.

대한이 안에서 대문을 열어 주자 김현식이 고개를 끄덕였다.

"고생했다."

"아닙니다. 일단 들어오시죠."

주택 내부는 밖에서 본 것보다 훨씬 더 으리으리했다.

넓은 마당은 물론이고 연못까지 있었는데 아무리 문경 부동산이 저렴해도 이게 퇴직한 공무원이 가질 수 있는 게 맞나 싶을 정도였다.

김현식이 정원 전경을 둘러보며 혀를 찼다.

"많이도 해 처먹었나 보네."

"해먹은 걸로 지은 거면 다 뱉어야 하지 않겠습니까."

"경매로 넘겨야지. 그나저나 아직도 반응이 없네. 진짜 자는 거 아냐?"

"인기척이 없는 걸 보니 그런 것 같습니다."

"가서 데려와 봐. 얼굴이나 한번 보게."

"예, 알겠습니다."

대한은 그대로 집으로 가 문을 두드렸고 안에서 인기척이 들려오기 시작했다.

잠시 후, 강우석이 머리를 부여잡으며 나왔다.

"아이고 머리야…… 어? 우리 김 팀장 아닙니까?"

"좀 주무셨습니까?"

"어휴, 어제 얼마나 마셨는지 골이 아파서 제대로 못 잤습니다. 그나저나 어떻게 여기까지…… 아, 아니 여긴 어떻게 들어왔습니까?"

그제서야 정신이 확 들었는지 강우석의 눈이 땡그랗게 변한다.

그때, 뒤에 서 있던 김현식이 앞으로 걸어 나오며 말했다.

"안녕하십니까?"

"누, 누구……?"

"누구일 것 같습니까? 전 당신이 삥땅 치고 있던 예산의 책임자입니다. 그러니 빨리 정신 차리고 나와서 이야기나 좀 합시다."

"예, 예?"

"거 말 두 번 하게 하지 말고 가서 세수라도 하고 오든지 해요. 아, 그리고 삥땅 친 예산 중에 현금화시킨 거 있으면 그대로 들고 오시고."

폭풍처럼 몰아치는 멘트에 강우석이 놀라 입을 벌리기도 잠시, 그가 놀란 표정으로 뒤늦게 대한을 찾았다.

"이, 이게 다 무슨 일입니까?"

"보시는 그대로입니다. 그쪽도 사기 쳤으니 저도 사기 좀 쳤습니다. 아, 혹여나 도망칠 생각은 안 하시는 게 좋을 것 같습니다. 최동진도 현장에서 튀려다 나한테 잡혔거든요. 그리고 뒤에 계신 분들은 형사님들이시고."

대한이 형사들을 가리키자 형사들이 웃으며 손을 흔들어 준다.

그들의 인사에 강우석의 눈빛이 확 변하기 시작했다.

"너 이 새끼……! 그럼 어제는……!"

그 순간, 김현식의 표정이 매섭게 변했다.

"새끼? 너 지금 새끼라고 했나?"

김현식의 분노에 대한이 얼른 강우석을 화장실 쪽으로 밀어 넣었다.

"빨리 가서 씻기나 하세요. 저분 화나면 아무도 못 말립니다."

"…….''

강우석은 분했지만 결국 아무런 말도 못 하고 화장실로 밀려날 수밖에 없었다.

Chapter 4

대한과 일행은 강우석이 씻는 동안 거실에 앉아 기다렸다.

　잠시 후, 강우석이 간단하게 세면을 하고 나와 거실에 앉으며 말했다.

　"아침 댓바람부터 이게 무슨 일입니까? 그리고 사기라뇨?"

　그의 말에 김현식이 헛웃음을 치며 말했다.

　"씻고 나오는 동안 머리 좀 굴리셨나 본데 웃기지도 않는 소리하지 마시고 가져간 예산 중에 지금 반납할 수 있는 거 있으면 그거부터 다 반납하시죠."

　강우석은 김현식의 말에 바로 표정을 구겼다.

　그리고 대한을 노려봤다.

　그러자 김현식이 다시 입을 열었다.

"어이, 눈깔 똑바로 안 떠? 지금 누구 부하한테 눈깔을 그렇게 뜨는 거야?"

쓰리스타의 비호라니.

듣기만 해도 든든하다.

대한이 피식 웃자 강우석이 한숨을 내쉬며 형사들에게 말했다.

"형사님들, 잠시 저 두 사람이랑만 이야기를 좀 나눠도 되겠습니까?"

"안됩니다."

"부탁 좀 하겠습니다."

형사가 단호하게 대답하자 강우석이 목소리를 낮춘다.

강우석의 저자세에 두 형사는 김현식을 슬쩍 쳐다보았고 엉킨 분위기를 읽은 대한이 김현식에게 조용히 말했다.

"차장님, 일단 한번 들어 보시죠."

"굳이?"

김현식의 되물음에 대한이 김현식만 들리게 목소리를 더 낮췄다.

"저희 아직 예산 못 받았지 않습니까. 형사들도 그거 눈치 보느라 기다려 주는 것 같은데 들어 볼 수 있는 건 최대한 들어보는 게 좋을 것 같습니다. 들어 보고 아니다 싶으면 바로 형사들한테 인계하면 되지 않겠습니까?"

뭐든 효율을 내는 게 좋다.

숨겨 둔 예산 찾자고 직접 이 집을 다 뒤질 수도 없는 노릇이니까.

'설령 뒤진다고 해도 한 번에 찾을 수 있다는 확신도 없고.'

강우석이 직접 손에 쥐어 주지 않는 한 예산을 돌려받는 건 법의 심판을 통하는 방법뿐이었다.

'이래서 우리나라가 사기 공화국이라는 거지.'

사기꾼은 쉽게 뜯어 가고 피해자는 어렵게 돌려받고.

참 어이가 없다.

그러나 지금 법을 뜯어고칠 순 없는 노릇이니 당장은 법대로 처리해야 했다.

대한의 말에 김현식이 고개를 끄덕이고는 형사들에게 말했다.

"공무 중인데 죄송합니다. 금방 대화 마무리할 테니 양해 좀 부탁드리겠습니다."

쓰리스타가 직접 부탁하자 형사들이 그제서야 자리를 비켜 주었고 그제서야 강우석도 입을 열었다.

"김 장군님, 혹시 육사 36기 아닙니까?"

"……갑자기 내 기수는 왜 묻습니까?"

"아, 제 동기가 김 장군님 이야기를 한 적이 있습니다."

"동기? 장교 출신입니까?"

"하하, 제가 학군 14기입니다."

학군 14기.

그 말에 대한과 김현식이 동시에 미간을 찌푸렸다.

대한은 대신 대답하고 싶었으나 감히 낄 자리가 아니라 입을 닫았는데 김현식이 바로 대꾸했다.

"그래서?"

"예?"

김현식이 손목에 찬 시계를 풀며 말했다.

"학군이 뭐? 이 자식이 뭐 때문에 자리 좀 비켜 달라 했더니 동기? 학군? 이 자식이 미쳤나……!"

"어어어!"

김현식이 금방이라도 달려들 것처럼 행동하자 대한이 서둘러 그를 말렸다.

아.

이래서 헌병실장이 걱정한 거구나.

김현식이 진심으로 분노한 듯 선 자리 그대로 손가락질 하며 말했다.

"야 이 새끼야, 지금 누구 앞에서 장교 타령이야? 쪽팔리지도 않냐? 어디 팔 게 없어서 학군 이력을 들먹이고 있어!"

"……"

"쪽팔린 줄 알아라. 나라 녹을 먹고 살았다는 놈이 예산 빼돌린 것도 모자라서 이젠 뭐? 에라이 자식아, 후배 앞에서 부끄러운 줄 알아라."

후배.

대한을 말하는 것이었다.

강우석은 합죽이가 되었고 대한이 김현식을 마저 말리며 말했다.

"더 할 말 있으십니까? 없으면 형사님들 다시 부르겠습니다."

강우석이 말이 없다.

마지막 수까지 막혔으니 이젠 진짜 할 말이 없는 것이다.

대한은 김현식의 시계를 챙기며 형사들을 다시 불러들였다.

그리고 자리를 뜨기 전, 마지막으로 강우석에게 말했다.

"조사 성실히 받으십쇼. 경찰 조사가 끝나면 다음엔 군에서 연락이 갈 겁니다."

"……군이 왜 날 조사해?"

"그럼 군 예산 빼먹었는데 군이 그냥 넘어갈 줄 알았습니까? 학군이셨다면서 군대를 그렇게 모릅니까?"

강우석은 그 부분에 대해선 전혀 생각지도 못했는지 자기도 모르게 입을 벌렸다.

그러나 물은 이미 엎질러졌다.

대한은 형사들에게 뒷마무리를 부탁한 뒤 김현식과 함께 차에 올랐다.

시청으로 복귀하는 길.

김현식이 대한에게 말했다.

"김 팀장아."

"예, 차장님."

"이따 누가 물어보면 조용히 대화만 했다고 해라."

"……예, 알겠습니다."

대한이 조용히 대답하자 김현식이 피식 웃는다.

✺

그로부터 몇 시간 뒤, 대한은 형사들의 연락을 받고 다시 김현식의 집으로 향했다.

김현식이 뒤늦게나마 예산 일부를 뱉었다는 말을 들어서였다.

정말이었다.

그의 집에 가 보자 거실 테이블에 현금다발들이 수북하게 보였다.

'이렇게 바로 줄 것 같았으면 진작에 좀 주지.'

갑자기 양심의 가책을 느껴서 이러는 게 아니었다.

이게 최선이라서 돈을 뱉는 것이다.

횡령금 일부라도 변제해야 형량이 줄어드니까.

대한은 미리 챙겨 온 쇼핑백에 돈다발을 담아 사무실로 복귀해 김현식에게 건넸다.

액수를 확인한 김현식이 미간을 찌푸리며 한숨을 쉬었다.

"하…… 고새 많이도 해 처먹었네."

로드부터
장군까지

"이것 말고도 더 있을 겁니다."

"그래, 저놈이 받은 것도 있고 가은철강이 받은 것도 있을 테니까."

김현식이 눈앞의 최동진을 노려보았다.

그러자 여전히 손발이 묶인 채 의자에 앉아 있는 최동진이 조용히 눈을 깔았다.

'쯧쯧, 그러게 정직하게 살 것이지.'

대한이 그에게 다가가 발목에 묶인 케이블 타이를 풀어 주며 물었다.

"다 말씀드렸습니까?"

"……응."

그래도 상황판단이 빨라서 다행이었다.

여기서도 잡아뗀다면 이번엔 헌병실장님이 손목시계를 풀었겠지.

김현식이 쇼핑백을 챙겨 자리에서 일어났다.

"김 팀장아, 가자."

"예."

어디로 가자는 건진 모르겠지만 일단 쇼핑백을 챙겨 따라나섰다.

김현식이 향한 곳은 시장실이었다.

구지환이 피곤한 얼굴로 두 사람을 맞아 주었다.

"고생하셨습니다. 일단 앉으시죠."

김현식이 자리에 앉으며 말했다.

"많이 피로해 보이십니다."

"하하, 일이 일이다 보니…… 그래도 조사에 최선을 다하고 있습니다."

정말이었다.

조사는 빠르게 이루어지고 있었고 그 과정에서 건설과 직원 몇 명이 강우석을 도와주었다는 사실이 발견되었다.

그나마 다행인 건 돈을 받지 않았다는 것.

사실 도왔다는 것도 그저 친한 사람들끼리 가볍게 도움을 주고받은, 흔히 있을 법한 일들뿐이었다.

'그 사람들이라고 이게 사기인 줄 알았겠어.'

그저 아는 사람이 일 좀 편하게 하라고 도움을 준 것 정도라고 생각했겠지.

업무가 많았던 건설과에서는 반대할 이유가 없었다.

지역 유지쯤 되는 인물이 손발 걷고 도와주는 줄 알았을 테니까.

하지만 이제 와서 보니 사기꾼이 사기 칠 수 있도록 도와준 꼴.

덕분에 구지환만 폭삭 늙어 가는 중이었다.

김현식이 쇼핑백을 건네며 말했다.

"전부는 아니지만 사기 당한 예산 일부를 회수했습니다."

"……이걸 현금으로 받아 오셨습니까?"

"알아서 현금으로 뱉길래 가져온 것뿐입니다. 여기 김 팀장이 고생했죠."

"아이고, 고생하셨습니다."

"하하, 아닙니다."

"아니긴, 이 친구가 이번 사건을 위해 어떤 일까지 하신 줄 아십니까?"

대한이 겸손함을 보인 순간, 김현식은 때를 놓치지 않고 부하 자랑을 시작했다.

구현도를 꼬셔 블랑카에서 얼음통째로 술을 먹은 그 일화까지 풀어 가면서 말이다.

이야기가 끝나갈 때쯤 구지환이 감탄하며 말했다.

"아이고…… 그분도 큰일 하셨네요. 요즘 어떻게 지내나 싶었는데 정말 큰일 해 주셨습니다."

"예, 위원장님 없었으면 증거 확보도 못 했을 겁니다. 그러니 공을 따지자면 위원장님이 제일 큰 것 같습니다."

대한은 일부러 구현도에게 공을 넘겼다.

자신이 구지환 시장에게 인정받는 것보단 구현도가 인정받는 게 여러모로 그를 위해서 더 나을 거라 판단했으니까.

'군인은 군인한테만 인정받으면 됐지.'

대한의 겸양에 김현식이 대견하다는 듯 어깨를 두드려 주었다.

구지환이 웃으며 말했다.

"가져오신 돈은 바로 예산에 다시 돌려놓겠습니다. 아, 그리고 전에 말씀하셨던 것처럼 밑에 담당자들 처분은 최대한 안 하는 쪽으로 하고 있습니다."

"좋네요. 이제 업무 정상화에만 집중하시면 될 것 같습니다."

"그런 셈이죠. 근데 저희야 그렇다 쳐도 차장님은 괜찮으십니까?"

괜찮냐는 물음.

이번 일로 옷 벗는 건 아닌지 걱정하는 것이다.

그 말에 김현식이 호탕하게 웃으며 말했다.

"하하, 저야 괜찮습니다. 군인이 책임감 빼면 시체라곤 하지만 너무 그렇게 걱정 안 하셔도 됩니다. 이번 대회에 제가 많이 관여되어 있긴 하지만 그렇다고 제가 주최한 건 아니니까요."

"아하……."

구지환의 감탄.

덩달아 대한도 속으로 놀랐다.

'맞네. 생각해 보니 차장님이 대회를 주최한 것도 아니잖아?'

중장이라고 상급자가 없을까?

하늘 위에 하늘이 있듯 별 위에 별이 있는 법이다.

구지환이 고개를 끄덕이며 말했다.

"다행입니다. 아, 다행은 아닌가…… 제가 말은 차장님이랑 대회를 마무리할 수 있을 것 같아서 다행이라는 겁니다."

"하하, 너무 그렇게 말조심 안 하셔도 됩니다. 그런 의미면

·저도 참 다행입니다. 시장님과 대회를 마무리할 수 있게 돼서."

이후, 두 사람은 얼마간 덕담을 더 주고받은 끝에 악수를 마지막으로 자리에서 일어났다.

그런 다음 사무실로 복귀하자마자 김현식이 헌병실장에게 물었다.

"대충 마무리하고 복귀해서 다시 하지?"

"예, 알겠습니다. 지금 바로 복귀하십니까?"

"어, 일단 급한 건 다 정리한 것 같다."

사기꾼 3명을 모두 잡았고 그들 모두 조사를 받고 있으니 사실상 할 일은 끝났다고 봐야 했다.

이제 남은 건 법의 심판을 기다리는 것뿐.

김현식의 말에 헌병실장과 천용득이 얼른 노트북과 서류들을 정리했다.

대한이 그들의 짐 정리를 도와주더니 최동진을 힐끔 보고는 천용득에게 물었다.

"케이블 타이 계속 묶어 둡니까?"

"묶어 놔야지. 도주 이력이 있는 놈인데."

"알겠습니다."

최동진은 아무런 반응도 하지 않았다.

거의 자포자기한 듯했다.

그나저나 그를 보고 있자니 참 아쉽다는 생각이 들었다.

여기 일만 잘 해결했으면 자동으로 소령 진급일 텐데 그걸 날려 먹다니.

'8촌 이상이면 거의 남인데 돈 몇 푼에 귀가 팔랑이냐.'

세상에 완전범죄는 없다고 했는데 참 한심하다.

이윽고 짐을 모두 챙긴 뒤 일행은 옥상의 헬기장으로 이동했고 헬기에 탑승하기 전 김현식이 대한에게 말했다.

"김 팀장, 그럼 남은 기간 동안 대회 좀 잘 부탁하마."

"예, 차장님. 맡겨만 주십쇼!"

"그래, 덕분에 마음 놓고 간다."

김현식에 이어 헌병실장과 천용득까지 모두 대한의 어깨를 두드려 준다.

신뢰 가득한 미소.

이윽고 헬기가 뜨자 박찬희와 일렬로 선 대한이 우렁찬 목소리로 경례했다.

"충! 성!"

✳

이윽고 시야에 헬기가 사라지자 박찬희가 그제서야 숨을 크게 뱉었다.

"하아! 진짜 며칠 만에 몇 년은 늙은 것 같다."

"하하, 고생하셨습니다."

"그래 너도 고생했다. 진짜 두 번 다시 하고 싶지 않은 경험이었어."

"그 정도로 힘드셨습니까?"

"당연히 힘들지. 장군분들 만난다고 해도 잠깐 인사나 해 봤지 이렇게 하루 종일 같이 붙어 있던 적은 처음이니까. 넌 안 힘들었냐?"

하긴.

장군들이 좋은 일로 온 것도 아니고 긴장할 만하지.

물론 대한에게 공감되는 이야기는 아니었다.

"예, 뭐…… 종종 있던 경우라 괜찮습니다."

"종종 있었다고? 참나…… 대단하다, 대단해. 아닌가? 짬이 덜 차서 긴장이 안 되는 건가?"

"짬 차면 긴장을 더 안 해야 하는 거 아닙니까?"

"……생각해 보니 그것도 그러네. 그냥 네가 이상한 것으로 하자."

"하하, 예. 알겠습니다."

두 사람은 대화로 긴장을 풀었다.

사무실로 내려가는 길.

박찬희가 물었다.

"이제 진짜 대회만 잘 준비하면 되겠지? 그나저나 시설장교가 충원되는 일은 없겠지……?"

안 그래도 일할 사람이 없는데 그중 하나가 물을 잔뜩 흐리고 사라진 상태였다.

충원이 필요하긴 했다.

기존에도 한 명이 여러 명 분량의 일을 해야 하는 상황이었으니까.

그런데 이런 상황에 충원을 해 주려면 제대로 된 사람을 보내 줘야 할 터.

'사람 찾다가 대회 끝나겠네.'

군 생활을 잘하고 있는 군인이라면 지금 한가한 상황이 아닐 것이다.

각 부대에서 진급을 위해 열심히 일을 하고 있겠지.

그런 상황에 대회를 핑계로 빼낸다?

김현식은 물론 차출당한 인원까지 서로에게 불편한 상황이었다.

대한이 고개를 내저으며 말했다.

"아마 못 해 주실 겁니다."

"그래, 지금 와서 뭘 하겠냐. 에휴, 그럼 현장은 누가 봐? 내가 볼까?"

"……볼 줄 모르시지 않습니까?"

"그래서 내가 안 하겠다는 말 열심히 돌려서 하고 있잖아."

박찬희가 대한을 간절하게 바라봤다.

얼씨구.

아깐 고생했다더니 바로 일을 넘기네.

그래도 기분이 나쁘지 않다.

로또부터
장군까지

사람이 없으면 내가 할 생각이었으니까.

대한이 피식 웃으며 답했다.

"예, 알겠습니다. 하겠습니다."

"괜찮겠나?"

"겸직도 자주 해서 익숙합니다."

"겸직까지? 넌 대체 어떤 삶을 살아온 거냐?"

"하하…… 그러게나 말입니다."

그래도 다행인 점을 꼽으라면 신경을 많이 써야 하는 작업들은 이미 다 끝난 상황이라는 것.

그냥 현장에 나가 현장 소장과 몇 마디 나누고 확인할 사항만 빠르게 확인하면 그만이었다.

'이젠 공무원들이 제대로 일을 하겠지.'

이전처럼 사무실에 가만히 앉아 있는 사람은 없을 것이다.

미친 듯 현장에 나와 놓치는 것이 없나 확인할 터.

그래서 할 만하다고 생각했다.

게다가 무엇보다도.

'차장님한테 잘해 놓겠다 했으니 차라리 내가 직접 하는 게 나아.'

그리 생각하며 고개를 끄덕이자 박찬희가 대신 우는 소리를 해 줬다.

"네가 진짜 고생이 많다. 이 정도면 병사들처럼 조기 진급이라도 시켜 줘야 되는 거 아니냐?"

"하하, 때에 맞춰 진급하기만 해도 만족할 것 같습니다."

"가진 능력에 비해 굉장히 소박한 꿈이네. 너 정도면 때에 맞춰 진급하는 게 무리는 아닐걸?"

아닐 걸요.

해 보니까 엄청 힘들던데요?

전생의 씁쓸한 기억에 미소를 짓자 박찬희가 대한에게 어깨동무를 했다.

"진급 좀 늦어져도 괜찮다. 어차피 실력 있는 사람이라면 진급해. 우리 출신 선배들 보면 늦어도 2차에 중령, 대령 달아도 장군까지 올라가시더라."

"……그건 육사 출신이라서 그런 거 아닙니까?"

"하하, 그런가?"

"그래도 군복 벗기 전까지 최선을 다하겠습니다."

"그래, 그래. 나중에 도움 필요하면 언제든 연락해. 내가 도울 수 있는 거라면 다른 거 다 제쳐 두고 팍팍 도와줄 테니."

"약속하신 겁니다?"

"하하, 그래. 약속한다."

박찬희 같은 군인의 도움이라면 언제든 환영이었다.

두 사람은 사무실에 도착해 간단히 자리를 정리했다.

그리고 내일부터 정신없을 업무를 대비해 하루 정도는 푹 쉬기 위해 빠르게 퇴근했다.

✳

　그로부터 며칠 뒤.

　대한은 사무실이 아닌 현장으로 출근했고 차에서 내리자마자 현장 소장에게 다가가 인사했다.

　"소장님, 식사하셨습니까?"

　"하고 와야죠. 밥 안 먹으면 힘들어서 일 못합니다. 팀장님은요?"

　"예, 저도 간단하게 먹고 왔습니다. 군인은 세끼 안 챙겨 먹으면 혼나지 않습니까."

　"하하, 그것도 맞네요."

　대한은 그와 간단하게 대화를 나누며 현장을 살폈다. 그러다 베레모를 벗어 이마에 땀을 닦으며 말했다.

　"슬슬 더워지네요."

　"아침이라 돌아다닐 만하지 점심 먹고 나면 죽습니다. 죽어."

　날씨가 한창 더울 땐 군대에서도 작업을 하지 않는다.

　체력 가장 좋을 나이의 장병들조차 픽픽 쓰러지는데 여기 현장에서 근무하시는 분들이야 오죽할까.

　대한이 고개를 끄덕이며 말했다.

　"이런 날씨에 일하면 진짜 힘들죠. 이제 여유 좀 부려도 될 것 같은데 천천히, 많이 쉬어 가면서 하십쇼."

　"하하, 팀장님은 전역하고 현장에 올 생각하면 안 되겠습니다.”

“예?”

“어떤 담당자가 그런 말을 합니까? 보통이라면 이런 상황에 거의 다 끝나가니 최대한 빨리 끝내라고 합니다.”

“아, 그것도 맞는 말인데…… 그래도 위험하게 일하면 안 되잖습니까.”

“돈 주는 사람들이 그런 생각 잘 안 한다는 거죠. 아마 사회에서 팀장님처럼 일했으면 팀장님 위에서 엄청나게 갈궜을 겁니다.”

하하.

그건 또 그렇지.

여기가 군대니까 가능한 거지.

덕분에 대한의 생각이 더더욱 굳혀졌다.

“그렇게 말씀하시니 최대한 군대에 붙어 있어야겠다는 생각이 듭니다.”

“군인 좋죠. 전역하면 연금도 나오고 얼마나 좋습니까? 뭐, 그것도 진급을 잘해야 나오는 거긴 하지만…… 팀장님은 받으시겠죠.”

“에이, 그건 아무도 모르는 겁니다. 그나저나 곧 장마인데 비 오기 전에 현장분들 휴가 보내셔야 하지 않겠습니까?”

“하하, 팀장님은 진짜 군대에 붙어 있으셔야겠네. 어째 윗사람이 싫어할 말은 다 하십니까? 뭐, 덕분에 우리는 좋지만요.”

"좋은 게 좋은 거 아니겠습니까. 그럼 그렇게 알고 날짜 정해지면 말씀만 해 주십쇼."

대한의 제안에 분위기가 한결 가벼워졌다.

이윽고 현장 소장은 휴가 전달을 위해 자리를 떴고 대한도 캠핑장을 돌아다니며 이것저것 확인을 시작했다.

그런데 확인을 할수록 현장사람들이 일을 참 잘한다는 생각이 들었다.

"마감 잘해 놓으셨네. 이 정도면 장마가 와도 뭐 쓸려 내려갈 게 없겠어."

말 그대로였다.

이정도면 태풍이 와도 끄떡없을 듯 했다.

그러다 문득 대한의 시선이 근처의 구덩이로 향했다.

"여긴 왜……."

그 순간, 구덩이를 본 대한의 머릿속에 전생의 기억 하나가 플래시백처럼 번쩍였다.

"어어?"

전생의 기억을 떠올린 대한은 서둘러 날짜를 확인했다.

그리고 온몸에 소름이 돋았다.

'그래. 그 사건이 딱 8월에 일어났었지……!'

대한이 기억해 낸 사건.

그것은 다름 아닌 DMZ 목함지뢰 매설 사건이었다.

DMZ 목함지뢰 매설 사건은 북한의 대남도발 사건 중에 하나로 국군의 인명 피해가 생기는 아주 큰 사건이었다.

'처음에는 지뢰가 유실되어 사고로 이어졌다고 했지만 정작 조사해 보니 그런 게 아니었었지.'

폭우가 쏟아지고 난 뒤라 충분히 예상할 수 있는 상황이었다.

하지만 진상조사를 한 결과 북한이 몰래 DMZ를 침범하여 목함지뢰를 매설한 것으로 밝혀졌다.

모르는 사람이 본다면 수색을 제대로 안 했다고 생각할 수도 있겠지만 전혀 아니었다.

목함지뢰는 지뢰탐지기로도 잘 감지가 되지 않는 유형의 지뢰인데다 그 사건의 경우엔 철책에 있는 통문을 통과하자마자 지뢰 설치를 해 놓은 상황이었다.

아무리 경계를 하더라도 대응하기가 힘들었던 상황.

대한은 잠시 눈을 감았다.

'이 문제를 해결하려면 1사단 쪽에 줄이 있어야 하는데……'

문제는 내가 아는 사람들 중에 1사단에 줄이 없다는 것.

'아, 1사단 인맥을 어디서 찾지.'

대한은 우선 현장 점검을 마친 후 다시 사무실로 복귀했다.

사무실에는 박찬희가 누구와 전화를 하고 있었는데 마침 대한이 들어오자 통화를 종료하고 한숨을 내쉬었다.

"아효."

"왜 그러십니까?"

"아, 딴 게 아니고 1사단에 지휘 통제실장 하고 계시는 선배 한 분 계시는데 그분이 도움 요청을 좀 하셔서 말이야."

1사단.

그 말에 대한의 눈이 번쩍 뜨였다.

"어떤 도움 말씀이십니까?"

"뭐 별건 아니고 조만간 장마 시즌이잖아. 위에서 장마 대비 해서 DMZ 경계 강화 지침을 만들라고 하셨나 보더라고."

"아…… 근데 그걸 왜 대회 파견 나와 있는 과장님한테 도움 을 요청합니까?"

혹시 박찬희가 그쪽으로 전문가인가?

대한은 속으로 기대했다.

하지만 들려오는 대답은 대한의 기대를 산산조각 냈다.

"머리를 제일 잘 굴릴 수 있는 놈을 떠올리니까 내 생각이 나셨다고 하던데?"

"아…… 똑똑하셔서 물어보셨구나."

"아니, 똑똑하다기보단 놀고 있으니까 그러셨겠지? 머리 안 쓴 지 좀 됐으니까 잘 굴러갈 거라 생각하셨나봐."

"……예? 저희가 언제 놀았습니까?"

"당연히 논 적 없지. 근데 다른 사람들이 생각하는 파견은 그 렇지 않지. 보통 놀러갔다고 생각하시니까."

하, 그렇지.

억울하긴 한데 그게 현실이긴 했다.

대한이 고개를 끄덕이고는 물었다.

"근데 그 선배분이 여쭤보신 건 그분도 충분히 만드실 수 있는 거 아닙니까?"

"만들기야 만들지. 근데 뭐 매번 특별한 걸 제시할 수 있는 것도 아니고 작년에 나왔던 지침에서 말만 바꿔서 뿌리잖아. 사단장님이 이번에 그런 거 하지 말라고 하셨다네. 덕분에 참모들 죽어나는 중이란다."

박찬희는 연신 미소를 지으며 말했다.

선배와 친분이 깊은지 선배가 고생하는 것에 즐거움을 느끼는 것 같았다.

대한 또한 그의 태도에 피식 웃으며 말했다.

"그래서 도와주시기로 하셨습니까?"

"아니, 당연히 안 도와주지. 아니 못 도와줘. 답이 없는 걸 어떻게 도와주냐?"

박찬희의 대답에 대한은 순간 웃음이 나왔다.

'답이 없다라…… 난 알 것 같은데?'

그것도 엄청난 답을.

그뿐이랴? 이건 대한에게 있어 기회이기도 했다.

'때마침 타이밍이 너무 좋다.'

대한이 말했다.

"그럼 혹시 제가 좀 도와드려도 되겠습니까?"

"……대한이 네가?"

"예, 사실 전 군 생활을 하게 되면 솔직히 전방으로 가게 될 거라고 생각해서 나름대로 준비를 좀 하고 있었습니다. 그중에 하나가 DMZ 경계 강화에 대한 것들인데…… 한번 들어나 보시겠습니까?"

대한의 말에 박찬희가 경악하듯 미간을 좁히며 물었다.

"……그런 걸 생각해 뒀다고?"

"저 학군입니다. 진급하려면 남들보다 준비성이 몇 배는 좋아야 하는 거 아시지 않습니까."

"아무리 그래도 그렇지 이제 중위가 어떻게 그런 것까지…… 뭔데? 일단 한번 들어나 보자."

"일단 저 같으면 TOD를 추가 설치할 것 같습니다. 그리고 그걸 하면서 DMZ에 대한 수색도 강화할 것 같습니다."

"……오?"

대한의 의견에 박찬희의 입술이 동그랗게 오므려졌다.

대한이 낸 의견이 생각보다 훨씬 더 그럴듯했기 때문이다.

하지만 이내 미간을 좁혔다.

"스읍……."

"왜 그러십니까?"

"아니, 확실히 괜찮은 아이디어 같긴 한데 그거 두 개 다 참모들이 쉽게 제안 못 할 사항인 것 같아서."

그의 말에 대한이 고개를 끄덕였다.

당연했다.

TOD를 추가로 설치하기 위해서는 생각보다 많은 돈이 들어
간다.

　　초소도 만들어야 했고 장비도 사야 하니까.

　　그리고 DMZ 수색?

　　경계하고 있던 병력들에게 시킨다는 것이 아니었다.

　　특수부대들이 직접 DMZ 수색을 실시해 위험 요소를 없애
려는 것이다.

　　사단 최고 전력이라 이야기하는 병력들을 고작 수색에 보낸
다는 이야기를 쉽게 꺼낼 수 있는 사람이 몇이나 되겠나.

　　그리고 이런 일들은 말을 한 사람이 총대를 메야 하는 경우
가 많았다. 그렇기에 생각을 하고 있더라도 입 밖으로 꺼내기
힘들겠지.

　　박찬희가 잠시 고민하고는 다시 입을 열었다.

　　"그래도 그런 제안은 아무도 안 했을 것 같긴 하다. 일단 선
배한테 말해 볼게. 아무것도 말 안 하는 것보단 나으니까."

　　박찬희가 곧장 선배에게 전화를 걸었다.

　　그리고 대한의 생각을 그대로 전달했고 토론이 이어졌다.

　　가능은 한지, 효과는 있을지.

　　당연히 가능했고 효과는 지금보다 훨씬 괜찮을 것이다.

　　허락이 떨어질 가능성도 높을 것이다.

　　사단장 본인이 하던 거 말고 새로운 걸 갖고 오라고 했으니
까.

그렇기에 토론은 금방 끝났다.

이내 전화를 끊은 박찬희가 대한에게 말했다.

"오늘 바로 제안 만들어서 보고드린다고 하시네. 너한테 고맙다고 전해 달라시더라."

"아닙니다. 같이 군 생활하는 분인데 도와드려야죠."

박찬희는 이번 일을 자신의 공으로 돌리지 않았다.

하긴 아이디어 낸 사람이 코앞에 있는데 그걸 가로채면 나쁜 놈이지.

물론 박찬희가 가로챘다고 해도 상관은 없었다.

대한의 목적은 공치사 같은 게 아니라 목함지뢰 사건 자체를 막는 것이었으니까.

박찬희가 대한에게 어깨동무하며 웃었다.

"그래도 네 덕분에 선배한테 점수 좀 딴 것 같다. 기분도 좋은데 담배나 한 대 피우러 가자."

"하하, 네, 좋습니다."

두 사람이 실실 웃으며 흡연장으로 향했다.

'이 정도면 됐겠지?'

그리 생각하며.

✴

그로부터 이틀 뒤.

대한은 간식을 사 들고 현장에 가는 중이었다.

그때, 박찬희의 전화가 걸려 왔다.

"충성! 전화 받았습니다."

―대한아, 지금 어디냐?

"저 지금 현장 가는 중입니다. 무슨 일이십니까?"

―갔다가 바로 부대로 복귀해. 오후에 너 바로 화상회의 들어가야 한다.

"……잘못 들었습니다?"

―선배님한테 연락이 왔는데 1사단장님이 너랑 직접 이야기도 할 겸 공병 단장 의견도 물어보신다고 회의 좀 하자고 하셨다더라. 너 바쁘다고 일부러 오후로 잡아 놨으니까 부대 복귀하면 단장님이랑 지휘 통제실에 대기하면 된다.

갑자기?

이게 무슨 날벼락이야?

공병의 의견이라면 공병대대에서도 들을 수 있는 것 아닌가?

대한이 당황을 감추지 못한 채 물었다.

"그…… 과장님? 혹시 제가 모르는 뭐가 또 있습니까? 도대체 어떻게 말씀하셨길래 선배님을 타고 1사단장님께서 절 보자고 하시는 겁니까?"

그 말에 박찬희가 어색하게 웃으며 말했다.

―아니, 뭐 별건 아니고…… 사실 어제 또 선배님한테 연락

온 김에 네 칭찬을 좀 했지. 근데 그걸 또 그대로 전달하신 것 같더라고. 그래서 뭐…… 아무튼 그렇게 됐다.

하, 그제서야 상황이 어떻게 된 건지 이해가 됐다.

아마 대한이 평범한 중위였다면 그냥 그러려니 하고 넘겼을 것이다.

그런데 현재 대한의 스펙이 어디 평범한 스펙이던가?

심지어 박찬희의 입을 통해 들은 것이니 칭찬과 더불어 과장도 조금 보태어졌을 터.

'안 봐도 뻔하다.'

아마 그들이 보기에 대한은 입지적인 인물처럼 보였겠지.

그래서 선배라는 사람과 1사단장이 관심을 보이는 것이다.

어딜 가든 일 잘해 보이는 똘똘한 놈은 늘 관심의 대상이니까.

'하, 이런 식으로 관심장교가 되고 싶진 않았는데.'

그러나 이미 엎질러진 물.

대한이 시원하게 대답했다.

"예, 알겠습니다. 일단 부대 도착하면 연락드리겠습니다."

—어, 단장님께 먼저 상황 설명드려 놨으니까 따로 보고드릴 필요는 없을 것 같다. 그러니 과속하지 말고 천천히 가.

"예, 알겠습니다."

대한은 전화를 끊고 빠르게 현장으로 빠르게 이동했다.

그런 다음 트렁크 가득 채워 놓은 간식거리들을 현장 소장에게 전달한 후 사정 설명과 함께 자리를 비웠다.

간식 덕분인지 다행히 현장 소장은 대한의 사정을 이해해 주었다.

대한은 그길로 영천으로 복귀했고 점심시간에 맞춰 부대에 도착할 수 있었다.

주차장에 주차를 한 뒤 박찬희에게 도착했다고 연락을 남겼다.

잠시 후, 박찬희가 오후 1시에 회의를 잡아 놨다고 말했고 회의 시간을 확인한 대한은 곧장 단장실로 향해 단장실 문을 두드렸다.

"충성!"

대한을 본 박희재가 미소를 지으며 말했다.

"오, 그래. 오느라 고생했다. 자식, 거기 일도 힘들 텐데 왜 또 일을 이렇게 벌여?"

"……하하, 제가 벌이고 싶어서 벌린 건 아닙니다."

"하긴 언제는 원해서 일이 그렇게 됐겠냐. 일단 앉아라. 대충 전달 받긴 했다."

"예, 알겠습니다."

대한은 소파로 가던 중 박희재 책상에 교범이 쌓여 있는 것을 발견했다.

"교범 보고 계셨습니까?"

"어, 사단장님이 좀 깐깐한 분이라고 하시더라고. 이것저것 물어볼 것 같은데 미리미리 준비해 놔야지."

깐깐한 사단장이라…….

직접 경험해 보지 않아서 잘 모르겠지만 일단 말만 들어선 좀 피곤할 것 같았다.

하지만 그런 사람을 한두 번 경험해 보는 것도 아니고 잘 상대할 자신이야 있었다.

대한이 씩씩하게 말했다.

"단장님은 자리만 지켜 주십쇼. 제가 다 답변하겠습니다."

"하하, 가능하겠냐?"

"무조건 가능합니다."

"그래? 그럼 그러지 뭐."

"식사하러 가십니까?"

"좋지, 마침 오늘 반찬 오리 불고기다. 얼른 가자."

타이밍 기가 막히구만.

두 사람은 기분 좋게 막사를 벗어나 식당으로 이동했다.

그리고 식사를 마치고 난 뒤, 이번엔 여진수까지 불러 단장실에서 다 함께 휴식을 가졌다.

탄산으로 속을 달래던 여진수가 말했다.

"그래도 사단장님이 직접 물어볼 정도면 대한이 혼자서 대답하기 힘들지 않겠습니까? 질문 사이즈가 사단급인데 대한이

가 사단에 있어 본 것도 아니지 않습니까."

현재 설정에선 그렇지.

하지만 전생에선 아니었다.

전생의 대한은 대위 이후로 줄곧 사단 공병대대에서만 지냈다.

그러니 사단이 어떻게 돌아가는지는 그 누구보다…… 아니, 남들만큼은 알고 있었다.

대한이 웃으며 답했다.

"같이 있는 과장한테 미리 좀 듣고 왔습니다. 사단 지휘 통제실장으로 있는 분한테도 들었습니다."

"그래도 건너로 들은 거랑은 좀 다를 텐데…… 괜찮겠냐?"

"예, 괜찮습니다. 준비 좀 해 뒀습니다."

대한의 씩씩한 대답에 박희재가 웃으며 말했다.

"언제 대한이가 우리 실망시킨 적 있냐? 우린 그냥 대한이 말에 힘만 좀 실어 주면 돼."

"그러면 다행인데……."

"뭐 욕을 먹어도 내가 먹을 텐데 뭐가 그렇게 걱정이야? 소화나 잘 시켜. 좀 이따 회의하다 졸려서 혼나지나 말고."

"하하, 예. 알겠습니다. 그럼 너만 믿는다?"

"예, 설령 좀 꼬이더라도 임기응변을 발휘해 보겠습니다."

"그거야 전군에서 네가 최고긴 하지."

"하하, 인정해 주시는 겁니까?"

"인정해야지. 네가 결과 낸 것들을 보면 다 임기응변으로 낸 건데 인정 못 할 건 또 없잖아?"

"운이 좋았다고 말씀하시는 것 같은데 오해하시는 겁니다. 그거 다 실력입니다."

"난 그냥 계속 오해하련다~"

오랜만에 모인 세 사람은 사단장과의 회의를 앞두고도 낄낄 대기 바빴다.

그렇게 한참 떠들던 중 대한이 말했다.

"아, 저희 캠핑장 8월 말에 다 완성되는데 그때 한번 놀러 오 십니까?"

"응? 그렇게 빨리? 여유 없었지 않나?"

"없었는데 현장분들이 집중해서 작업해 주셔서 공기를 좀 당길 수 있었습니다."

"이야, 그런 현장 드문데…… 네가 또 뭐 했냐?"

"무제한 제공되는 간식과 더불어 근처에 술이 제공되는 식 당까지 섭외해 드렸습니다."

"……그런 예산도 있어?"

"이번 일이 있고 특별 예산 편성했습니다."

물론 그 예산은 대한의 주머니에서 나오는 돈이었다.

여진수는 그런 줄도 모른 채 마냥 부러워했다.

"하, 그런 곳에 내가 갔어야 하는 건데…… 엄청 좋은 곳이 네."

"몇 주 전만 하더라도 그런 말씀 못 하셨을 겁니다. 장군들이 헬기 타고 두 번이나 오셨습니다."

그러자 박희재가 웃으며 말했다.

"진수 네가 갔으면 심장 좀 아팠을 거다."

"그렇습니까?"

"그래, 오죽하면 나도 긴장이 되던데 대한이만 긴장을 안 하더라."

여진수가 대한을 바라보며 말했다.

"하여튼 특이한 놈이라니까."

"그래서 캠핑장 오십니까?"

"그걸 질문이라고 하냐? 당연히 가야지!"

그의 대답에 대한이 미소를 지었다.

'좋아, 그럼 이렇게 된 김에 여진수로 한번 테스트를 해 봐야겠어.'

한 달이나 여유를 잡아 놓은 이유는 남은 기간 동안 지내보며 부족한 점을 보완하기 위해서였다.

처음 시도하는 것이었기 때문에 대한도 걱정이 되는 건 사실이었다.

그렇기에 여진수를 통해 테스트는 물론 대한도 캠핑장에서 한 달 동안 지내볼 생각이었다.

그때, 박희재가 달력을 보며 말했다.

"진수 갈 때 나도 가마."

"아…… 단장님은 지원과장 다녀간 뒤에 오시면 안 되겠습니까?"

"응? 왜? 같이 가면 좋잖아."

그러자 여진수가 눈을 가늘게 뜬 채 대한을 바라봤다.

"야, 너 설마……."

눈치 빠른 여진수가 질문하려던 찰나, 대한이 얼른 휴대폰을 꺼내 시간을 확인하며 자리에서 일어났다.

"어휴, 슬슬 가서 준비하셔야 할 것 같습니다."

"어, 벌써 시간이 그렇게 됐네. 가자."

"하, 저 자식이 수상한데……."

이래서 눈치 빠른 사람은 피곤하다니까.

박희재도 대한의 의도를 눈치챘는지 낄낄 웃으며 이동했고 이내 세 사람은 지휘 통제실에 도착할 수 있었다.

도착한 직후, 박희재가 상석에 앉으려다 말고 대한에게 말했다.

"대한아, 네가 여기 앉아라."

"단장님 자리에 말씀이십니까?"

"어, 회의할 때 얼굴 보이는 건 여기뿐이잖아."

"그래도 제가 여기 앉는 건 좀……."

"사단장이 내 얼굴 보고 싶겠냐? 네 얼굴 본다고 회의하자고 했는데 오히려 좋아할걸?"

그건 또 맞긴 한데…….

대한은 어색하게 박희재의 자리에 앉을 수밖에 없었다.

자리에 앉아 좌우를 보니 마치 사단장이 된 것 같았다.

'양쪽에 앉은 사람이 대령이랑 소령이라니.'

본인의 계급장이 부끄러워지려는 것도 잠시, 지휘 통제실 내선 번호로 전화가 왔다.

박희재가 자연스럽게 수화기를 들어 전화를 받았다.

"공병단장입니다. 아, 예. 이미 대기 중입니다. 바로 시작하셔도 됩니다."

그러고는 전화를 끊고 대한에게 말했다.

"준비됐으면 바로 하자 하시네. 사단장님 보이면 앉은 자리에서 경례하면 된다."

"예, 알겠습니다."

대한은 물을 한 모금하고 화면을 바라봤다.

그리고 이내 1사단장의 얼굴이 나왔다.

1사단 사단장 소장 진유석.

대한이 곧장 경례했다.

"충성! 중위 김대한입니다!"

─어, 1사단장이다. 공병단장은 어디 있지?

박희재의 예상과는 다르게 진유석은 박희재를 바로 찾았다.

대한이 고개를 돌려 박희재를 바라봤고 박희재가 앉은 자리에서 답했다.

"공병단장입니다."

―얼굴 한번 비춰 보지.

"아, 예!"

설마 자리 배치 때문에 혼내시려고 하나?

조마조마한 마음으로 자리를 바꿨고 박희재가 자리에 앉아 경례했다.

"충성!"

―자네, 나 기억나나?

기억?

갑자기?

진유석의 물음에 순간 박희재가 고개를 갸웃했다.

그리고 열심히 머리를 굴렸으나 애석하게도 기억이 나질 않았다.

"……죄송합니다. 뵌 기억이 없습니다."

―뭐, 직접 본 건 아니긴 하다만…… 자네 사단 공병대대 정작과장할 때 사단 작전처에 있었어.

"정작과장? 아!"

박희재가 뭔가 떠오른 듯 큰소리를 냈다.

그러기를 잠시, 이내 얼굴이 점점 붉어지기 시작했다.

"아…… 그땐 죄송했었습니다."

―하하, 아니야. 나랑 직접 관련 있었던 건 아니니까. 김 중위랑 회의하려고 보니까 공병단장 이름이 익숙하더라고. 그래

서 같이 봐야겠다 생각해서 참석하라고 했네. 다시 김 중위 비추게.

"예, 알겠습니다!"

얼른 대답하는 박희재.

뭐지? 무슨 사연이 있는 거야?

그도 그럴 게 그 잠깐 사이 박희재한테 엄청 군기가 들었으니까.

대한이 다시 자리를 바꿔 앉자 진유석이 피식 웃으며 물었다.

—표정을 보니 궁금한 게 많은 얼굴이네. 무슨 일이 있었는지 궁금한가?

"아닙니다!"

—표정은 아닌 게 아닌데?

"……나중에 단장이 직접 말해 준다면 듣겠습니다."

—하하, 공병단장. 무슨 일이 있었는지 말해 줄 건가?

그의 물음에 박희재가 말했다.

"……부끄러운 일이지만 여기 있는 부하들한테는 지금 말해 줘도 상관없습니다."

이렇게 쿨하게?

박희재가 시원하게 대답하자 진유석도 웃었다.

—그럼 말해 줘. 회의 시작하기 전에 오랜만에 웃어 보자.

박희재가 조용히 한숨을 내쉬며 입을 열었다.

"······내가 정작과장할 때 사단 작전처에서 지뢰 제거 작전을 해야 한다고 하더라고. 그건 우리가 해야 하는 일이니까 처음엔 군말 안 하고 했지. 근데 우리를 기계로 생각하는지 복귀하면 다시 보내고 복귀하면 다시 보내고 하더라고. 그래서 작전처에 직접 찾아갔어."

그리고 말이 없는 박희재.

어라? 찾아간 걸로 이야기가 끝나는 것이 아닐 텐데?

대한이 물었다.

"······가서 뭐 하셨습니까."

"뭐 하긴······ 우린 더 이상 못 한다고 정 해야 한다면 장비 받아서 니네가 나가라고 했지."

"······설마 욕도 하셨습니까?"

박희재가 조용히 한숨을 내쉬며 고개를 끄덕였다.

그걸 본 대한과 여진수는 소리 없이 감탄했다.

이야······.

아무리 그래도 그렇지 어떻게 욕을······.

진유석이 박희재의 이름을 보고 얼굴을 떠올리는 것도 이상한 일이 아니었다.

'내가 진유석이었음 죽을 때까지 생각날 것 같은데.'

그때 진유석이 킬킬 웃으며 말했다.

─욕만 했을까? 가져온 장비들 다 바닥에 집어던진 건 왜 빼먹어?

무, 뭐?

입을 벌리고 있던 대한과 여진수의 눈이 튀어나올 듯 커졌다.

여진수가 감탄하며 말했다.

"……대단한 군 생활을 하셨던 것 같습니다."

―근데 이해는 됐어.

이해가 된다고?

그런 걸 이해할 수 있다면 깐깐한 사단장이라는 말을 취소해야 했다.

저게 이해가 되면 얼마나 열린 마인드인가.

그러나 뒤이은 진유석의 말에 대한도 박희재의 행동을 이해할 수밖에 없었다.

―공병단장이 정작과장으로 지냈던 1년, 그 기간 동안 거의 전부를 공병대대 전 병력이 작전에 나갔으니까. 내가 봐도 이건 아니다 싶었는데 공병단장이 와서 같은 군인 아니냐고 병과 다르다고 노예 취급하냐고 강하게 들이박았지.

대한과 여진수는 이젠 하다못해 벌어진 입을 손으로 가렸다. 그리고 나머지 손으로 엄지를 들었다.

"와……."

"역시 단장님이십니다."

"큼큼."

박희재가 헛기침하자 진유석이 씩 웃으며 말을 이었다.

—아무튼 저런 지휘관 밑에 있으니 김 중위 같은 인재가 나오는 거겠지. 그런 의미에서 김 중위야. 너 좋은 생각을 가지고 있는 것 같던데 요즘 군대는 공병단장이 정작과장 하던 군대랑은 달라. 최악의 조건과 환경을 극복하는 군인들이 없어.

"제가 그 당시 군대를 경험해 보지 못해 어떤 분들이 근무하셨는지는 잘 모르겠습니다만 사단장님의 의견에는 동의합니다. 그래서 최선의 경계근무 상태를 보장해 주는 것이 그 무엇보다 중요하다고 생각했습니다."

—그래도 사단에 가용할 수 있는 장비는 모두 사용해서 최선의 경계근무 상태를 보장해 주고 있는 것 같은데 그럼에도 부족한 것 같나?

"사단이 가지고 있는 장비가 많다고는 알고 있지만 그 기준이 명확하지 않다고 생각합니다."

—기준이 명확하지 않다?

"예, 몇 년 전 1사단 병사로 근무했던 친구에게도 감시 장비가 부족하단 말을 들었습니다. 병사들이 그렇게 느끼는 중인데도 아직도 추가 보급이 없습니다. 이는 아직 아무런 일이 벌어지지 않았기 때문에 그런 것이라 생각합니다. 사건이 터지고 기준을 다시 잡는 건 군인으로서 할 판단은 아닌 것 같습니다."

진유석이 턱을 쓰다듬으며 대한을 빤히 바라봤다.

이내 자세를 고쳐 앉으며 물었다.

—들어서 얼마나 많이 알고 있는지는 모르겠지만 감시 장비

로도 북한군들의 움직임을 모두 체크 하긴 힘들다. 그러면 감시 장비보다 병력들을 충원하고 교육시키는 것이 좋지 않나?

"병력은 점점 없어질 겁니다. 미리 대비하는 것이 좋다 생각합니다."

─흠…… 좋구나.

진유석이 대한에게 시선을 돌려 주변을 둘러봤다.

대한은 그의 행동에 고개를 갸웃했다.

'뭐 하는 거야?'

그때, 진유석이 말했다.

─들었어? 중위가 나랑 똑같이 대답하잖아! 도대체가 너희들은 준비해 온 게 뭐야?

대한은 박희재의 눈치를 살폈다.

그러자 박희재가 조용히 웃으며 목소리를 낮춰 말했다.

"아무래도 사단 회의 중이셨던 것 같다."

"그럼 지금 사단 참모들에게……."

"네 덕분에 신나게 털고 계시네."

계급들이 있었기에 사단장이라고 해도 쉽게 혼낼 순 없었다.

그런데 하필이면 한낱 중위가 자신과 똑같은 대답을, 그것도 탄탄한 근거를 들고 있으니 진유석 입장에선 어떨까?

한참 잔소리하던 진유석이 한숨으로 마음을 가라앉히며 말했다.

─후…… 김 중위.

"예, 사단장님."

−이번 주 안으로 TOD 장비를 추가 설치할 거고 내일부터 DMZ 수색을 강화할 예정이다. 인접 사단은 물론이고 군단에도 건의할 거니까 걱정하지 말고 대회 잘 마무리해라.

"감사합니다!"

−대회 개막식 때 시간 되면 갈 테니 볼 수 있으면 보자꾸나. 회의는 이쯤 하자.

"예, 알겠습니다. 충성!"

대한은 경례를 하고 화면이 꺼지기를 기다렸다.

하지만 화면은 꺼지지 않은 채 계속 유지되었다.

뭐지? 끄는 걸 까먹으셨나?

그러기를 잠시.

진유석이 참모들을 본격적으로 털기 시작했다.

아, 끄는 거 까먹은 거 맞네.

대한을 비롯한 세 사람은 그가 눈치채지 못하게 조심스럽게 자리에서 일어나 지휘 통제실을 빠져나갔다.

※

지휘 통제실에서 빠져나온 세 사람은 다시 단장실에 모였다.

박희재가 자리에 앉아 숨을 돌리며 말했다.

"하여튼 군대 좁다니까. 아깐 진짜 부끄러워 죽는 줄 알았네."

"하하, 아닙니다. 멋있으셨습니다."

"멋있기는 개뿔이나, 지금 대령 달았으니까 다행이지 진급 못 했어 봐. 그런 행동 때문에 진급 못 했다는 소리 무조건 나왔다니까?"

대한이 그의 말에 미소를 지으며 답했다.

"그래도 사단장님께서는 그 당시를 좋게 기억하시는 것 같았습니다."

"기억은 원래 미화되는 법이고 옆에서 보면 다 재밌는 법이야. 그래도 일이 잘 풀린 것 같아 다행이다."

그쪽 참모들은 아니겠지만 적어도 대한에게는 다행이 맞았다.

'사단장이 직접 움직이라 했으니 금방 조치가 되겠지.'

당장 오늘부터 조치 보고가 올라오기 시작할 것이다.

대한이 생각하기에는 당장 그 정도만 해도 충분히 북의 도발을 막아 낼 수 있을 것 같았다.

'경각심을 가지고 볼 테니까.'

경계라는 것이 평소에 열심히 해야 하는 것이긴 하지만 평소에 열심히 하는 것이 얼마나 힘든지 잘 알았다.

평화와 방심이 가장 무서운 법이니까.

하지만 이런 이벤트가 생기면 알아서들 집중할 터.

대한이 시간을 확인하며 말했다.

"슬슬 다시 문경으로 넘어가 봐야 할 것 같습니다."

"어, 그래. 더 늦으면 차 막히겠다. 차 안 막힐 때 얼른 복귀해."

"예, 캠핑장 완성되면 바로 연락드리겠습니다."

"좋지. 아, 맞다. 캠핑장 완성될 때까진 다른 일로 연락 오는 건 없겠지?"

박희재가 대한을 빤히 바라봤고 대한이 어색하게 웃으며 답했다.

"하하…… 아마 없지 않겠습니까?"

"……그래, 설마 또 있겠어?"

없길 바라야지.

암, 그렇고말고.

이윽고 박희재와 여진수가 주차장까지 대한을 배웅해 주었다.

대한은 곧장 문경으로 복귀했고 사무실에 도착해 박찬희에게 회의의 내용을 보고했다.

그러자 박찬희가 웃으며 말했다.

"안 그래도 선배한테 연락 왔다. GOP 소초 난리 났다더라."

"아, 그렇습니까? 근데 소초에서 난리 날 게 있습니까? 딱히 작업을 하는 것도 아니지 않습니까?"

"참모들이 일하는 동안 사단장님께서 직접 소초 순찰하신다더라."

"아……."

그건 좀…….

이렇게 들으니까 갑자기 미안한데?

소초장이라고 해 봤자 중위나 대위급일 터.

안 그래도 힘든 곳에서 근무하는 군인들인데 요 며칠은 죽어나겠구나.

'그래도 조금만 고생해 줘라. 진짜 큰 사건이 일어나는 것보단 나을 테니까.'

대한이 웃으며 말했다.

"직접 돌아다니면서 지침 내려 주시려는 건가 봅니다."

"그러시겠지. 아무래도 그편이 제일 마음 편하시니까."

부하를 믿어야 한다지만 이런 일에 부하만 믿고 있다면 본인 목숨 날아가는 건 순식간이었다.

그리고 사단장 본인이 직접 보고 판단하는 것이 가장 좋은 판단을 할 수 있겠지.

소초를 돌아다니며 흠을 찾기보단 제대로 대비하기 위함이었기에 소초에 크게 부담은 주지 않을 것 같았다.

박찬희가 자리를 정리하며 말했다.

"이제 선배 전화도 안 받아야겠어. 이렇게 보니 괜히 뭐가 자꾸 생기는 것 같네."

"예, 저희 일만 집중하시죠."

"그래야지. 넌 캠핑장만 마무리되면 할 거 없지?"

"그게 마무리되면 나머지는 뭐 사소한 것들뿐입니다."

"나도 지금 하는 거 마무리하고 행사만 섭외하면 끝이다. 하, 드디어 끝이 보이네."

"제가 먼저 끝나면 도와드리겠습니다."

"그래 주면 고맙지. 우리도 조만간 파견의 재미를 경험할 수 있겠네."

박찬희와 많이 친해진 대한이었기에 그와의 추억도 만들어야 했다.

"일 끝나면 캠핑장에서 숙식 어떠십니까?"

"하하, 좋은 생각이네. 미리 경험도 해 볼 겸 그렇게 하자."

대한은 자연스럽게 테스터를 구했다.

나중에 공무원들도 초대해서 피드백을 받으면 좋을 것 같았다.

'그나저나 슬슬 추진을 해야겠는데?'

대한이 캠핑장을 경험해 볼 사람들을 떠올렸고 휴대폰을 꺼내 본격적으로 캠핑 장비들을 장바구니에 담기 시작했다.

✠

그로부터 며칠 뒤, 사무실로 출근하자 먼저 출근해 있던 박찬희가 심각한 표정을 하고 있었다.

"충성! 좋은 아침입니다."

"어, 왔냐? 얼른 좀 와 봐."

"왜 그러십니까?"

뭐 때문에 그러지?

이윽고 박찬희가 대한에게 기사 하나를 보여 주며 말했다.

"1사단 DMZ 철책에서 북한군이 지뢰를 매설하고 갔다는 걸 발견했다네."

지뢰 매설!

그 말에 대한의 눈이 번쩍 뜨였다.

동시에 자기도 모르게 입꼬리가 올라갔다.

'해냈구나!'

대한은 얼른 기사를 읽어 내려가기 시작했다.

기사에는 TOD를 추가로 설치하지 않았음에도 북한군의 행동을 잡을 수 있었던 이유가 적혀 있었는데 그 이유로 실시간 감시와 더불어 추가로 병력을 배치해 녹화된 영상을 한 번 더 확인하게 했다고 적혀 있었다.

'잘했네. 그래, 이게 일하는 거지.'

다른 사람이 본다면 시간 낭비라고 할 수도 있겠지만 결과가 좋았다.

그 때문인지 1사단장을 칭찬하는 반응이 대다수였다.

대한이 웃으며 말했다.

"사단장님께서 기분 좋으시겠습니다."

로투부터
장군까지

"그러시겠지. 그나저나 우리한테 뭐 떨어지는 거 없나?"

"뭐가 떨어집니까?"

"이거 사실상 네가 다 한 거잖아."

"에이, 어떻게 제가 한 겁니까? 전 그냥 말만 했는데."

"야, 군대에서 그 말 한번 꺼내기가 얼마나 어려운데. 이건 네가 세운 공이나 마찬가지야, 그러니 확실하게 챙겨 줘야지."

흠, 따지고 보면 틀린 말은 아니었다.

하지만 굳이?

그냥 조용히 있고 싶었다.

괜히 뭐 받기 시작하면 시끄러워질 것 같으니까.

그때, 대한의 휴대폰이 울리기 시작했고 발신자를 본 대한은 자기도 모르게 탄식했다.

"아……."

"왜? 누군데?"

"차장님이십니다."

"뭐? 야, 얼른 받아!"

대한이 조용히 한숨을 내쉬고 전화를 받았다.

"충성! 참모차장님 전화 받았습니다!"

-너는 문경에 있는 놈이 어떻게 1사단장한테까지 입김을 넣나?

그래, 이 건 때문에 전화할 줄 알았다.

발 없는 말이 천리 간다더니 참 빠르기도 하구나.

대한이 어색한 목소리로 말했다.

"아하하…… 그게 좀 우연이 겹쳤습니다."

─무슨 우연이 겹쳐야 문경에 있는 네 목소리가 1사단까지 닿아? 아무튼 잘했다. 네 덕분에 큰 사고 막았다고 위에서 아주들 난리야.

"아, 아닙니다. 1사단장이 잘 움직였기 때문에 사고를 막은 것 아니겠습니까?"

─뭐야, 너희 나 몰래 짰냐? 1사단장은 네가 다 한 거라고 하고 너는 1사단장이 다 한 거라고 하면 나는 뭐 어떻게 하라고?

오, 그 양반이 그런 말을 했어?

박희재 이야기도 그렇고 확실히 깨어 있는 양반 같더라니.

그 위치에서 그러기 참 쉽지 않을 텐데 대한은 새삼 그의 태도가 존경스러웠다.

그렇기에 대한도 겸손을 취했다.

"진짜 저한테는 아무것도 안 해 주셔도 됩니다. 전 사고를 막았다는 것만 해도 만족합니다."

─하, 김 팀장.

"중위 김대한!"

─어떻게 된 게 그 말까지 사단장이랑 똑같은 소리를 하냐? 솔직히 말해, 둘이 짰지?

아, 이것까지 똑같다고?

2절까지 반복되는 건 좀 오반데?

대한이 얼른 태도를 고쳤다.

"아…… 그럼 아무거나 주시면 감사히 받겠습니다."

대한의 말에 김현식이 웃으며 말했다.

―하하, 그래. 네가 거절해도 알아서 챙겨 주려 하긴 했다. 그나저나 챙겨 주는 건 챙겨 주는 거고 박 과장이랑 너한테는 좀 미안한 소리를 해야 할 것 같다.

뭐지?

또 무슨 소리를 하려고?

미안하면 아무 말도 하지 말라고 하고 싶었으나 그럴 순 없기에 얼른 사회생활 모드로 돌입했다.

"차장님께서 저희한테 미안하실 게 뭐 있으십니까. 편하게 말씀해 주십쇼."

―역시…… 너라면 그럴 줄 알았다. 그럼 편하게 말하마. 조금 전에 긴급하게 회의하고 나오는 길인데 아무래도 우리가 큰 대회를 하는 만큼 북한에서도 가만히 있진 않을 것 같다고 판단했다.

북한이 매번 해 온 짓이 있으니 충분히 고려할 만한 사항이었다.

근데 그거랑 우리한테 미안한 게 무슨 상관이지?

연관성이라면 최전방에 있는 장군들이 더 연관 있어야 하지 않나?

대한이 그런 고민을 하고 있을 때 김현식이 말을 이었다.

—전방에서 이상한 짓 하려다 막혔으니 대회에 직접 할 수도 있을 거라는 이야기가 나왔다.

아…….

그래서 그런 말을 한 거였구나…….

하지만 그의 말을 마냥 부정할 순 없었다.

그도 그럴 것이 북한이 정상적인 행동을 한 적은 없었으니까.

'막말로 그놈들이 마음만 먹으면 이번 대회 깽판 치는 건 일도 아니지.'

대한이 무겁게 고개를 끄덕이며 답했다.

"충분히 가능한 시나리오인 것 같습니다."

—그래서 일단 대비책을 만들고 있긴 한데…… 조만간 지침 내려 줄 테니 바짝 대기하고 있어.

"예, 알겠습니다."

—김 팀장은 대답이 시원시원해서 아주 마음에 들어.

"차장님께서 확실한 명령만 내려 주시니 저도 답변드리기가 편해서 그런 것 같습니다."

—하여튼…… 그래, 고민 많이 하고 명령 내릴 테니 컨디션 관리만 잘하고 있거라.

"예, 알겠습니다."

그렇게 전화를 끊기 직전, 대한이 김현식에게 물었다.

"저, 차장님."

―말해라.

"혹시 지금 대비책을 어떤 방향으로 구상 중이신지 여쭤봐도 되겠습니까?"

―경계 병력을 투입하자는 말이 제일 많이 나오고 있다. 왜, 뭐 생각난 거라도 있냐?

원래 대회가 진행되는 동안 군인들이 투입될 예정이었다.

진행요원 겸 경계 인원으로 투입할 예정이었는데 경계에 집중한 병력을 더 추가할 예정이라는 말인 것 같았다.

'군인체육대회라 군인이 많은 게 이상하진 않지만 괜한 불안감을 심어줄 수도 있겠지.'

즐겨야 하는 대회에 날 선 군인들이 돌아다니면 그게 어디 분위기가 좋겠는가.

보는 참가자들에게 불안감만 조성하지.

물론 경계 병력을 늘리는 게 가장 안전하고 확실하며 쉬운 방법이긴 했다.

대한이 잠시 고민하고는 말했다.

"만약 테러를 한다면 폭발 테러 확률이 더 높지 않겠습니까?"

―그건 그렇지. 놈들이 총기를 들고 올리는 없을 테고 테러 후에 발뺌하기 위해서라도 급조 폭발물을 이용하겠지.

"그럼 그 부분에 특화된 병력을 배치하는 방법이 제일 좋을 것 같습니다."

-그럼 네 말은 EOD를 거기에 두자는 말인 거냐?

"EOD를 두면 제일 좋겠지만 그들을 이쪽에 상주시키기에는 제한사항이 크지 않습니까?"

-알고 이야기한 거구나. 그렇긴 하다.

"그럼 EHCT 팀을 파견시키면 좋을 것 같습니다."

김현식은 대한의 제안에 흔쾌히 답했다.

-하하! 그거 좋은 생각이구나!

"감사합니다."

-근데 그거 공병에 있는 팀 아니냐?

"맞습니다."

-공병단에도 있고?

어? 뭐지?

이게 아닌데?

갑자기 불안감이 깔린다.

대한은 몇 초간 침묵하더니 천천히 대답했다.

"……아직 없습니다."

-그럼 만들어야겠네?

"아…… 예…… 그렇습니다."

-어, 그래.

"아…… 지금 만들어서 배치시킵니까?"

-어차피 만들어야 하는 거라면 지금 만들어서 실전에 투입시켜 보면 제일 좋지. 공병단장도 좋아할 거다.

아닐 걸요?

절대 아닐 걸요?

이건 박희재를 몰라서 하는 소리다.

박희재라면 분명 머리 아파할 터.

'화상회의 하고 나오면서 무슨 일 더 없자고 기도한 게 얼마 전인데……'

대한이 조용히 한숨을 내쉬며 답했다.

"예, 알겠습니다!"

대한의 씩씩한 대답에 김현식이 흐뭇하게 말했다.

－그래, EHCT 팀 만들어서 명단만 보내. 그러면 파견 명령 내마.

"오늘 중으로 드리겠습니다."

－응? 할 수 있겠어?

"예, 가능합니다."

－내가 김 팀장이랑 이야기만 하면 아주 속이 다 시원하다. 그래, 참모들한테 그렇게 전달하마. 하는 김에 공병단장한테도 따로 이야기해 줘?

박희재 자꾸 건들지 마.

그 양반 자꾸 괴롭히면 미련 없이 옷 벗을 양반이라고.

대한이 재빠르게 거절했다.

"아닙니다. 제가 부대 복귀해서 따로 말하겠습니다."

－알겠다. 보고 올리면 바로 연락해라.

"예, 충성!"

대한이 전화를 끊자 박찬희가 조심스럽게 물었다.

"……뭐라시냐?"

"하…… EHCT 팀 만들어서 대회 때 배치하기로 했습니다."

"EHCT? 그게 뭔데?"

"위험성 폭발물 개척 팀이라고, EOD가 오기 전에 선제 대응하는 병력들입니다. 북한이 급조 폭발물로 도발할 수 있다고 고민 중이라고 하시길래 제가 먼저 제안했습니다."

"그렇구나…… 근데 뭔 보고를 드린다는 거야? 난 뭘 하면 되는 거고?"

"과장님은 아무것도 안 하셔도 됩니다."

"아, 그래?"

"저희 부대에서 만들어서 바로 데리고 오겠습니다."

"응? 직접?"

"예, 어차피 만들어야 하기도 했는데 이참에 만들어야죠."

"그렇구나…… 근데 어째 넌 메인 프로젝트보다 사이드 프로젝트가 더 많아지는 것 같다?"

그러게나 말입니다.

누가 파견 꿀이라고 했어?

대한이 씁쓸하게 웃으며 말했다.

"지금 바로 부대로 출발해 보겠습니다. 그런 의미에서 현장 좀 부탁드려도 되겠습니까?"

"당연하지. 그런 부탁은 안 해도 돼."

대한은 박찬희를 믿고 주차장으로 내려갔다.

그리고 곧장 부대로 이동했다.

부대에 도착하자마자 단장실로 향했고 박희재가 대한을 보고는 어색하게 웃었다.

"……너 여기 왜 왔어?"

"……혹시 기사 보셨습니까?"

"……봤지."

"…….'

잠시 침묵하는 두 사람.

대한이 침묵하자 박희재가 미간을 좁히며 말했다.

"……안 돼."

"……저 아직 아무 말도 안 했습니다."

"아, 왜! 뭔데 이번에는 또!"

기겁하는 박희재에게 대한이 어색하게 웃으며 말했다.

"차장님께서 연락 오셨는데 대회에 직접적으로 도발할 가능성이 있다고 보시는 것 같았습니다."

"하…… 그건…….'

박희재가 마른세수를 한다.

그러더니 얼굴 전체를 쓸어넘기며 말했다.

"그래…… 그건 충분히 걱정할 만한 이야기긴 하네."

"그래서 제가 EHCT 팀을 파견하는 게 어떻겠냐 제안드렸습니다."

"……뭐?"

"EHCT 팀 파견……."

"그러니까…… 네가 직접?"

"……예, 어쩌다 보니."

박희재는 대한의 말을 듣자마자 양손을 들어 관자놀이를 눌렀다.

"그, 그래. 이유가 있으니 먼저 제안했겠지."

"그게…… 대회 때 군인들이 날 선 채 돌아다니면 보기 안 좋을 것 같아서 먼저 제안드렸습니다."

"후, 그래…… 아니다, 잘했다. 그나저나 그거 보고하러 온 거야? 그런 거면 그냥 전화로 하지."

대한이 미소를 지으며 박희재를 빤히 바라봤다.

그러자 박희재의 표정이 점점 굳어졌다.

"……설마 다른 곳에서 지원받는 것이 아니라 우리 부대에서 만들어야 하는 거야?"

"하하…… 제가 다 하겠습니다."

박희재의 관자놀이 마사지는 점점 더 격해졌다.

저 정도면 슬슬 뚫리겠는데?

이내 박희재가 한숨을 내쉬며 말했다.

"하…… 근데 우린 가용병력이 많이 없는데 누구 시키려고?"

"대대에 병력으로 취급 안 하는 간부 한 놈 있습니다."

"누구?"

"박태현 하사 있잖습니까."

"박 하사? 전문하사 말하는 거야?"

"예, 그렇습니다."

"흠, 좋은 것 같은데…… 근데 그거 전문하사한테 시켜도 되는 일이야? 그래도 자력에 엄청 도움되는 일일 텐데 다른 사람 시켜야 하는 거 아냐?"

군대에서 인정받는 일 중에 하나가 없던 것을 만들어 내는 것이다.

그런 의미에서 EHCT 팀이 없던 공병단에 팀을 만들어 팀장이 된다는데 그게 도움이 안 될 리가 있겠나.

평생 군 생활을 해도 이런 일 한번 없이 군 생활을 마무리하는 군인들이 태반이었다.

그런데 박태현은 전문하사.

자력 관리가 딱히 필요 없는 놈이었다.

하지만 대한에겐 다 방법이 있었다.

"단기하사로 전환시키고 장기까지 선발시키겠습니다."

Chapter 5

대한의 말에 박희재가 고개를 끄덕였다.

"그런 거면 박 하사가 해야지. 그럼 내가 도와 줄 거 있나?"

"파견 명령 승인만 해 주시면 됩니다."

"하하, 그래. 알겠다. 1초 만에 승인해 주마."

대한의 시원한 대답에 박희재가 그제서야 웃었다.

대한이 알아서 한다는데 뭐.

박희재가 관자놀이에서 손가락을 떼며 말했다.

"그나저나 장비도 많이 필요하지 않나? 우리한테 없는 게 많을 텐데?"

"차장님께 직접 소요제기 할 예정입니다."

"흠, 좋네. 빠르게 되는 것도 되는 건데 너한테도 도움이 되겠어.”

박희재가 그림을 그려 보고는 만족스러운 표정을 지었다.

소요제기를 대한이 한다면 대한 또한 없던 것을 만들어 내는 것이기에 자력에 도움이 된다.

대한과 박태현 둘 다 잘된다는데 박희재가 불만을 가질 리가 없다.

하지만 대한은 본인이 소요제기를 할 생각이 없었다.

‘이왕 밀어주는 거 제대로 밀어줘야지.’

이왕 밀어주는 부하인데 원사는 달아야 하지 않겠나.

어차피 지금의 대한에게 소요제기를 한 자력은 크게 필요하지 않았다.

그렇기에 지금처럼 밀어줄 수 있을 때 시원하게 밀어줄 생각이었다.

대한이 자리에서 일어나며 말했다.

“일단 박 하사 먼저 만나고 오겠습니다.”

“그래, 다녀오너라.”

단장실에서 나온 대한은 1중대 간부연구실로 향했다.

간부연구실의 문을 열자 박태현의 얼굴이 보였고 그는 간부연구실에 혼자 남아 컴퓨터에 집중하는 중이었다.

대한이 피식 웃으며 말했다.

“혼자 뭐하나? 보급관 임무 대리수행 중이냐?”

“어? 소대장님!”

박태현이 깜짝 놀라며 자리에서 일어났다.

대한이 그에게 주먹 인사를 하며 물었다.

"바빠?"

"아, 아닙니다. 잠깐 확인할 게 있어서 확인 중이었습니다."

"피엑스 고?"

"예, 좋습니다."

대한은 박태현을 피엑스에 데리고 가며 물었다.

"태현아."

"예, 소대장님."

"너 장기 할 거지?"

"……갑자기 왜 그러십니까?"

"아니, 그냥 물어보는 거야."

"에이…… 소대장님이 언제 그냥 물어본 적 있으십니까?"

"이 새끼…… 잘 아네. 알면 대답이나 하지 어딜 상급자를 떠봐?"

"아."

"아?"

"하하, 장난입니다. 저 장기 할 겁니다."

응? 한다고?

대한이 고개를 갸웃하며 물었다.

"장난치는 거 아니지?"

"예, 아닙니다. 할 겁니다."

"아, 그래?"

이러면 대화가 훨씬 편해지지.

대한이 바로 본론을 꺼냈다.

"그럼 너 나랑 같이 일 하나만 하자."

"소대장님이랑 같이하는 거면 뭐든 좋죠. 알겠습니다."

"시원하네? 그럼 말을 좀 정정할게. 이번 일은 네가 거의 다 해야 해."

"……뭔데 그러십니까?"

"EHCT 팀 만들어야 해."

"EHCT? 그게 뭡니까?"

대한은 EHCT에 대해 설명을 해 주었고 박태현의 자력에 큰 도움이 될 거라고 강조했다.

물론 힘들 수도 있다는 이야기는 한마디도 하지 않았다.

박태현은 잠시 고민하더니 대한에게 물었다.

"그거 잘하면 선배들보다 빠르게 진급할 수 있습니까?"

"선배들? 너 설마 보급관님 제치려고?"

"에이, 제가 지금 짬에 보급관님을 어떻게 따라잡습니까. 그 냥 한두 해 선배들 말씀드리는 겁니다."

"난 또…… 한두 해 정도면 중사 다는 건 못 잡아도 상사는 충분히 먼저 진급할 수 있을걸?"

"보통 선배들이 먼저 지휘 추천 받지 않습니까. 그걸 감안해 도 가능합니까?"

"당연히 가능하지."

박태현이 원한다면 상사 진급 시기에 맞춰 대한이 직접 부대도 이동시켜 줄 의향이 있었다.

나중에 지휘관이 된다면 주임원사가 내 수족 같은 사람이었으면 했으니까.

하지만 주임원사가 되기까지 30년 동안 모르던 사람이었는데 고작 1년 지내는 동안 수족이 되겠는가.

절대 불가능한 일이었다.

그러나 박태현이 원사가 된다면 말이 달라졌다.

그렇기에 대한의 작은 목표 중에 하나가 박태현 원사 만들기였고 상사 정도는 30살 초반에 달게 해 줄 생각이었다.

'물론 그만큼 열심히 굴러야 하겠지만.'

박태현이 비장하게 고개를 끄덕였다.

"그러면 뭐든 하겠습니다. 제가 뭘 하면 되겠습니까?"

"일단 하겠다는 대답만 들을 생각이었는데 이런 식이면……
그럼 일단 음료수 한잔하고 숙소 복귀해서 짐부터 챙겨."

"예? 짐을 왜 챙깁니까?"

"왜긴, 문경 가야지."

"……예?"

대한은 박태현의 반응에 고개를 갸웃했다.

"왜? 파견 가면 좋잖아."

대한은 파견이 싫었지만 대부분의 간부는 좋아하기에 이렇게 이야기하는 것.

하지만 박태현은 파견을 싫어하는 듯했다.

"아, 파견은 좀……."

"상사 진급 안 해?"

"아…… 그것도 중요하긴 한데."

"근데 뭘 자꾸 아아 거려? 얼른 짐 챙겨서 와. 그리고 짐 챙기러 가기 전에 네 소대에서 팀원들 차출해 와. 한 6명 정도? 네가 그거 하는 동안 내가 중대 간부들한테 이야기 해 놓을게."

"……알겠습니다."

박태현은 파견이라는 말에 급격히 우울해졌다.

조금 전까지만 해도 신나 있던 놈이 왜 저래?

내가 모르는 뭐가 있나?

뭐 아무렴 어때.

좋은 게 좋은 거라고 대한은 박태현에게 음료수를 사 주고는 다시 중대로 올라갔다.

그리고 박태현을 숙소로 보낸 후 중대장과 보급관을 만났다.

만나자마자 참모차장님 이야기로 시작되었고 단장님이 허락한 사항이라 말했다.

그러자 두 사람 다 그냥 박태현이 맡고 있는 소대를 통째로 데리고 가라고 했다.

그래서일까?

대한은 허락보다 거절에 시간을 더 많이 들일 수밖에 없었다.

잠시 후, 박태현이 짐을 챙겨 간부연구실로 복귀했다.

"뭐 이사 가냐? 짐을 왜 이렇게 많이 챙겼어?"

"주말에는 자유지 않습니까?"

"자유긴 하지. 근데 나갈 수는 있나?"

"어떻게든 나갈 겁니다."

"의지가 충만하니 막진 않겠다만⋯⋯."

차도 없는 놈이 어떻게 나가려고?

뭐 그게 문제가 아니긴 하다만⋯⋯.

대한은 일부러 준비 과정이 힘들 거라는 말을 하지 않았다. 이런 걸 미리 말하면 쉽게 수락하지 않을게 뻔했으니까.

'아마 주말 내내 잠만 자게 될 거다.'

네가 체력 단련만 열심히 해 뒀다면 말이야.

대한이 박태현에게 물었다.

"그나저나 왜 이렇게 파견 가기 싫어해? 집도 먼 놈이."

"사생활입니다. 사생활."

"여자 친구 생겼어?"

"여자 친구는 아니고⋯⋯ 뭐, 있습니다. 소대장님은 몰라도 됩니다."

"참 나, 그거 때문에 파견 가기 싫어했구만? 파견 가면 만나기 힘들어지니까?"

"⋯⋯맞습니다. 그래도 힘든 상황을 극복해 내는 게 군인 아니겠습니까."

"그렇게 말하니까 좀 군인 같네."

"소대장님 키드면 기본 아니겠습니까."

박태현은 짐을 정리한 뒤 소대원들을 하나씩 불렀다.

그리고 체력 좋고 센스있는 인원들을 6명 뽑았다.

대한은 그들을 데리고 단으로 올라갔다.

단으로 향하는 길, 대한이 박태현에게 물었다.

"태현아, 혹시 상사 빨리 진급하려는 것도 그분 때문이냐?"

"하하…… 노코멘트 하겠습니다."

맞네, 맞아.

근데 누구를 만나길래 갑자기 진급에 이렇게 목숨을 거는 거
지?

'뭐가 됐든 동기부여가 되면 좋은 거지.'

암, 그렇고말고.

✳

얼마 뒤, 대한은 박태현을 비롯한 차출된 병력들과 함께 단
장실로 들어갔다.

박희재는 EHCT 팀이 될 병력들에게 격려를 해 주었다.

대한은 박태현을 지원과에 대기시킨 후, 박희재에게 말했다.

"EHCT 관련 물자는 참모차장님께 건의해서 받도록 하겠습
니다. 저 병력들 파견 명령은 대대 인사과장에게 올리라고 해

났고 단장님이 승인하시는 거 확인하면 차장님께 연락드리겠습니다."

"그래, 그럼 애들 데리고 넘어가면 되겠네."

박희재가 잠시 고민하더니 이내 고개를 끄덕이며 말했다.

"뭐 이 정도면 충분히 준비할 수 있을 것 같네. 더 필요한 거 없는 거 맞지?"

"예, 그렇습니다."

일단 그렇다고 대답은 했다.

하지만 박희재가 하나 놓치고 있는 것이 있었으니, 그건 바로 차량 문제였다.

EHCT는 지역을 정해 놓고 경계하는 팀이 아니었다.

폭발물이 있을 것 같은 곳에 출동해 위험 요소를 제거하는 팀이었다.

그렇기에 무조건 차량이 필요했다.

하지만 대한이 확인해 본 결과, 부대에는 현재 남는 차량이 없었다.

'근데 그건 내가 해결하면 될 문제고.'

어차피 대한이 책임지기로 한 팀이니 차량 정도는 본인이 책임질 생각이었다.

잠시 후, 박희재가 파견 명령을 승인했고 대한이 자리에서 일어났다.

"그럼 저흰 바로 출발해 보겠습니다."

"그래, 가는 길 조심하고 가서도 고생 적당히 해라."

"예, 알겠습니다. 충성!"

대한은 지원과에 대기 중인 병력들을 데리고 주차장으로 이동했다.

병력들을 대한의 차와 부대 차량에 나눠 태운 뒤 출발하려고 할 때, 박태현이 대한에게 물었다.

"소대장님, 근데 저희 문경 도착하면 차량 없는 것 아닙니까?"

지금 EHCT 팀원들이 타는 차량은 단순히 문경까지 수송을 하기 위한 차량이었다.

다시 말해 문경에 병력들을 떨어뜨려 준 뒤 다시 부대로 복귀한다는 것.

대한이 박태현을 보며 감탄하며 말했다.

"오, 그걸 이제 알았어?"

"거기에 차량 있습니까?"

"당연히 없지."

"……예? 그럼 저희는 어떻게 합니까?"

"어떻게 하긴. 열심히 공부하고 있으면 차는 알아서 생길 거야."

"……?"

박태현이 고개를 갸웃한다.

하지만 대한이 한 말이니 신경 쓰지 않기로 했고 몇 시간 뒤, 팀원들을 태운 차량은 문경에 입성할 수 있었다.

대한은 숙소에 팀원들 짐을 내려 두게 한 다음, 시청으로 이동했다.

그런 다음 박찬희에게 인사를 시킨 후 병력들에게 자리를 정해 주었다.

사무실이 좁긴 했지만 EHCT 팀과 같이 생활 못 할 정도는 아니었다. 그리고 EHCT 팀에게 컴퓨터가 필요한 것도 아니었기에 딱히 상관없었다.

대한은 그들에게 EHCT에게 필요한 자료들을 건네며 말했다.

"일단 훈련은 나중이고 일단 지식 습득부터 하자."

그러자 박태현이 자료를 살피고는 물었다.

"지뢰, 폭파 다 할 줄 아는데 또 공부합니까?"

"급조 폭발물이랑 그거랑 같냐?"

"비슷하지 않습니까?"

"터지는 거 하나만 비슷하지."

급조 폭발물은 제대로 된 기술력을 이용해 만든 폭탄이 아니었다.

예컨대 부탄가스는 기본이고 대한도 모르는 창의적인 형태가 많았다.

그렇기에 대충 알아서는 큰 사고가 날 수밖에 없었다.

"폭발 사고는 최소가 중상이다. 너희들은 그런 폭발을 일으키는 원점에 제일 먼저 다가가야 하는 사람들이고. 교수가 된다고 생각해. 그래야 의미 없는 개죽음 안 당하지."

대한이 가볍게 이야기하긴 했지만 직접 임무를 수행해야 하는 그들에게는 절대 가볍게 와닿지 않을 것이다.

대한이 병력들에게 자료들을 나눠 주며 말했다.

"한 장에 한 시간 준다. 1시간 뒤에 테스트 할 거니까 토씨 하나 틀리지 않게 다 외워."

"예, 알겠습니다."

대한이 EHCT를 교육하는 모습을 본 박찬희가 흐뭇한 아빠 미소를 지으며 말했다.

"김 팀장, 하급자들한테도 잘하네."

"아닙니다. 소대장 할 때부터 같이 지냈던 애들이라 편해서 그렇습니다."

박찬희가 미소를 지으며 박태현에게 말했다.

"박 하사, 그거 다 외우면 나한테 가지고 와. 따로 교육도 같이 해 줄 테니까."

"예, 감사합니다!"

"열심히 하는데 나도 최선을 다해서 도와줘야지."

박찬희가 전문가는 아니었지만 그가 가진 지식을 무시할 순 없었다.

분명 크게 도움이 될 터.

대한도 박찬희에게 감사를 표했다.

"감사합니다. 과장님."

"같이 일하는 전우들인데 도와야지."

이제 병력들 문제는 얼추 끝났다.

이제부터는 나 혼자 처리해야 될 것들.

'시작해 볼까?'

대한이 컴퓨터 앞에 앉아 손을 풀기 시작했다.

대한은 우선 소요제기부터 시작하기로 했다.

원래라면 군에 없는 장비들을 요청하는 것이라 과정이 좀 복잡해질 터였지만 김현식 덕분에 금방 허락받을 수 있을 것으로 사료됐다.

'쓰리스타가 있는데 자료만 잘 만들어서 내면 돼.'

아마 빠르면 내일 구매해 줄지도 모를 일.

아니나 다를까, 대한이 대략적으로 준비를 마친 후 김현식에게 보고하자 빠르게 처리해 주겠다는 확답을 받을 수 있었다.

확답을 받은 후, 대한은 시간을 확인한 뒤 자리에서 일어났다.

"과장님, 저 잠시만 나갔다가 오겠습니다."

"어, 다녀와."

사무실에서 빠져나온 대한은 바로 중고차 단지로 향했다.

중고차 단지로 온 건 EHCT 팀이 쓸 차량을 사기 위해.

대한은 적당한 차를 고른 뒤 입맛에 맞춰 튜닝을 부탁했다.

"아, 여기서 어떻게 튜닝을 하겠습니까. 여긴 차 파는 데지 튜닝 하는 데가 아닙니다."

난색을 표하는 딜러.

하지만 대한민국에서 안 되는 게 어딨을까?

대한이 그에게 수고비를 넉넉하게 건네며 말했다.

"제가 타지 사람이라 이쪽 업체는 잘 몰라서요. 사장님은 전문가시니까 그래도 잘 아시지 않겠습니까."

"아이참 원래 이런 부탁 안 들어드리는데……."

역시는 역시.

대부분의 불가능은 돈으로 해결된다.

물론 생각보다 돈을 더 쓰긴 했지만 아무렴 어떠랴?

군대 돈을 쓰는 것도 아니고 내가 내 돈 쓰겠다는데.

대한은 탁송까지 약속받은 뒤에 곧장 시청으로 복귀했다.

마침 퇴근 시간이 코앞이다.

대한이 시간을 확인한 후 박찬희에게 말했다.

"과장님, 슬슬 퇴근 안 하십니까?"

"어, 슬슬 해야지."

"어떻게, 팀원들도 새로 왔는데 회식 어떻습니까?"

"회식? 나야 좋지."

박태현과 팀원들은 반나절 만에 혼이 빠져 있는 상태였다.

그럴 수밖에.

편하게 부대에 있다가 갑자기 팔자에도 없는 공부를 하는데 혼이 안 나갈 사람이 어딨겠는가.

게다가 박찬희의 교육 방식은 생각했던 것보다 더 스파르타였다.

그래서 회식을 제안한 것.

'이럴 때일수록 밥이라도 제대로 먹여야지. 안 그럼 탈영할라.'

박찬희가 넝마가 된 팀원들을 보며 흐뭇하게 웃었다.

"그래도 다들 쪼는 만큼 나오긴 하더라고. 아주 훌륭해."

"하하……."

다행이었다.

박찬희한테 교육받을 일이 없어서.

미소 짓던 박찬희가 물었다.

"그나저나 회식 어디로 갈 거야? 매번 가던 고깃집으로 갈까?"

"예, 그쪽에 전화해 두겠습니다."

"좋아, 그리로 가자고. 어이 박 하사, 정신 차려! 너까지 그러면 어떡해? 넌 팀원 챙겨야지?"

박태현이 조용히 한숨을 내쉬며 말했다.

"예에……."

"하하, 팀원들 있는 곳에서 할 말은 아니지만 박 하사가 제일 못 외웠잖아. 왜 다 죽어 가는 목소리야?"

"……저는 외울 게 많지 않습니까. 억울합니다."

대한이 웃으며 물었다.

"똑같은 거 줬잖아. 근데 뭐가 많았다는 거야?"

"팀장님 가시고 나서 과장님이 뭐 더 주셨습니다."

박찬희가 대한에게 말했다.

"사실이긴 해. 해외에서 만들었던 급조 폭발물들 종류 싹 다 찾아서 줬거든. 그래도 명색이 팀장인데 팀장은 좀 달라야 하지 않겠어?"

"역시…… 육사 출신은 다르십니다."

왜 저렇게 죽을상을 하고 있었나 했더니 그런 사연이 있었구만.

대한이 박태현에게 다가가 어깨를 토닥였다.

"고생했다. 근데 머리 쓸 때가 제일 좋을 거야. 차 도착하는 대로 실전 같은 훈련 할 테니까 그때까지 최대한 사무실에서의 평화를 즐겨."

"차라리 몸 쓰는 게 좋을 것 같습니다. 머리 그만 쓰고 싶습니다."

"후후, 과연 그럴까?"

백문이 불여일견이라 했다.

나중에도 그 말 하는지 어디 두고 보자고.

이내 곧 모두가 예약해 둔 고깃집으로 이동해 회식을 즐겼다.

✳

그로부터 며칠 뒤.

시청 주차장으로 대한이 튜닝을 맡겼던 차량이 도착했다.

대한은 연락을 받고 사무실 사람들과 함께 주차장으로 내려
갔다.

차량을 확인한 박찬희가 놀라며 물었다.

"저게 뭐야?"

"저희 팀이 쓸 차량입니다."

"대체 픽업트럭에 뭔 짓을 한 거야……?"

"멋지지 않습니까?"

"……저게?"

대한이 구매한 차량은 포드 사에서 나오는 픽업트럭이었다.

실어야 할 장비들이 많았기에 일반 차량으로는 EHCT 활동
이 불가능했다.

그렇기에 트럭이 필요했는데 군대에서 쓰는 평범한 트럭으
로는 뭔가 아쉬웠다.

그래서 생각한 것이 바로 픽업트럭.

'뒤에도 사람이 탈 수 있어야지.'

그래서 팀원 모두가 탈 수 있도록 개조를 요청했다.

박찬희가 감탄하기도 잠시, 문득 이상한 느낌이 들어 대한에
게 물었다.

"대한아, 근데 이거 설마 네 돈으로 산 건 아니지?"

"절대 아닙니다. 아시는 분이 회사에서 쓰던 차량인데 잠시 빌린 겁니다."

"그래? 좋은 분이네. 복 받으실 거라고 전해 드려라."

예, 잘 전달받았습니다.

대한이 박태현에게 차키를 건네며 말했다.

"너 면허 있지?"

"있긴 합니다만…… 근데 저거 제가 몹니까?"

"보험 들어 놨어. 연습도 같이해."

"아……."

박태현이 부담스럽다는 표정을 지었지만 대한은 가볍게 그 표정을 무시했다.

"팀장은 만능이어야 해. 그러니까 팀장이지. 아직 장비 덜 왔으니까 그전까지 빡세게 연습하자."

"하, 알겠습니다."

대한은 직접 조수석에 올라 운전 연습을 도와주었다.

그렇게 하루 종일 굴린 결과, 박태현은 초보운전을 탈출할 수 있었고 반나절이 넘을 때쯤 제법 그럴듯한 운전 폼이 나오기 시작했다.

"역시 사람은 굴려야 해."

"토할 것 같습니다."

"저기 가서 토하고 다시 운전대 잡아."

"진짜 너무하신 거 아닙니까?"

"선배들 제끼고 싶다며?"

"……후, 열심히 하겠습니다."

이 녀석 봐라?

대체 누굴 만나고 있길래 이렇게까지 열심히 하는 거야?

그렇게 대한은 밤이 되어서까지 연습을 강행했고 야간주행까지 마스터 한 후에야 박태현을 놓아주었다.

그리고 다음 날, 김현식은 아침 일찍 장비들을 보내 주었고 대한은 장비를 받자마자 EHCT 팀을 데리고 대회장으로 출발했다.

훈련은 대회장에 도착하자마자 시작되었다.

그리고 훈련이 시작된 지 얼마 되지 않아 팀원들 모두가 곡소리를 내기 시작했다.

"와……."

"아, 죽겠다……."

"미친……."

하하.

그러게 내가 사무실의 평화를 즐기라고 했지?

훈련 자체는 간단했다.

대회장 구석구석을 돌아다니며 지형을 확실히 파악하는 게 전부였으니까.

다만 문제가 조금 있다면 무거운 장비들을 모두 착용하고 동시에 작동까지 시켜야 한다는 것.

대한이 웃으며 말했다.

"벌써 뻗으면 안 돼. 대회장이 얼마나 넓은 줄 알아? 테러는 언제 어디서 일어날지 모른다고."

"하……."

"태현아, 화이팅. 사랑의 힘으로 극복해야지? 러브 앤 피스! 러브 앤 파워!"

"하……."

사랑이란 말에 다시금 일어나는 박태현.

그래서일까?

대한은 누군지도 모를 박태현의 여자 친구분에게 새삼 감사함을 느꼈다.

'나중에 태현이 통해서 밥이라도 한번 사 드려야겠네.'

그렇게 한참 뒤, 대한의 지도 하에 부지런히 대회장을 훑은 결과, 퇴근 시간이 되어 갈 무렵 팀원들은 마침내 훈련을 끝마칠 수 있었다.

대한이 진이 빠진 병력들에게 말했다.

"힘들지?"

"예, 죽을 것 같습니다."

"그래도 조금만 더 힘내자. 아니다, 그냥 죽었다고 생각해라. 차장님 다음 주에 모실 거니까 그때까진 죽었다고 생각해."

"차장님? 차장님이 누굽니까?"

"육군참모차장. 참고로 참모차장님은 쓰리스타시다."

쓰리스타.

그 말에 일순 박태현과 병력들의 표정이 모두 다 굳었다.

대한이 웃으며 말했다.

"뭘 이제 와서 놀란 척이야? 그냥 편하게 보여 주면 돼, 편하게. 평소대로. 알지?"

"아니, 아무리 그래도……."

"쓰리스타……."

"쓰리스타 앞에서 평소대로……."

좀비처럼 쓰리스타를 중얼이는 병력들.

근데 이제 와서 뭘 어쩌랴?

물은 이미 엎질러졌고 너흰 모두 EHCT가 되었는데.

그렇기에 대한은 다음 날부터 전날 경고한 대로 김현식이 오기 전까지 미친 듯이 팀원들을 굴렸다.

덕분에 팀원들의 실력은 나날이 향상되었고 굴린 만큼 체력도 더 좋아져 갈수록 곡소리가 줄어들게 되었다.

그리고 마침내 김현식이 방문하기로 한 날.

대한은 팀원들과 함께 주차장에 도열해 김현식을 기다렸고 저 멀리서 김현식의 차량이 보이기 시작했다.

"충! 성!"

김현식의 차량이 보이자 대한이 경례를 올린다.

그러자 김현식도 차에서 내려 대한의 경례를 받아 주었다.

"이렇게 빨리 준비를 끝낼 줄은 몰랐다."

"부대에 훌륭한 인재들이 많았기에 쉽게 준비할 수 있었습니다."

김현식이 박태현과 팀원들을 둘러보며 말했다.

"이 친구들이 그 친구들이구만? 근데 하사와 병사 조합이라…… 이거 기대하기 싫어도 기대를 할 수밖에 없게 만드는구만? 그래서, 브리핑은 누가 할 거냐?"

"팀장인 박태현 하사가 할 것입니다."

대한의 말에 박태현이 한 발짝 앞으로 나와 EHCT 팀이 가진 가용자산과 작전 범위들을 설명하기 시작했다.

박태현의 설명은 청산유수와 같았다.

'그렇게 훈련시켰는데 여기서 절면 그게 사람이냐.'

김현식도 박태현의 브리핑을 흐뭇하게 경청했다.

그러다 설명 도중 질문했다.

"브리핑 좋네. 근데 폭발물을 발견했을 시 현장에서 바로 조치한다고?"

"예, 그렇습니다!"

"EOD도 없이 그게 가능해?"

"저희 팀은 가능합니다!"

"혹시 그 자리에서 해체할 생각은 아니지?"

김현식은 박태현의 자신감이 마음에 들었다.

하지만 그와 별개로 걱정이 안 될 수가 없었다.

그도 그럴 것이 EOD도 급조 폭발물을 해체하는 것이 아니라 그걸 들고 안전한 장소에 가서 터트리는 방법으로 폭발물을 처리하니까.

대한이 미소를 지으며 대신 대답했다.

"병력들을 위험한 상황에 내던질 생각은 없습니다."

"그럼 어떻게 하려고?"

"일단 급조 폭발물 발견 및 신고를 받는다면 현장 통제를 실시한 뒤 거리를 벌려 망원경을 통해 정확한 식별을 할 것입니다. 이후 이동 유무를 확인해 이동이 가능하다면 구덩이로 이동해 폭파 시킬 예정이고 이동이 불가능하다면 최대한 안전하게 전색을 시킬 생각입니다."

"전색?"

"예, 모래로 폭발물을 덮어 놓고 폭발의 방향을 최대한 안전한 방향으로 유도할 것입니다."

대한의 설명에 김현식이 고개를 끄덕이며 물었다.

"좋은 생각이네. 근데 그 두 가지 방법 모두 타이머로 작동하는 급조 폭발물에만 적용되는 방법 아니냐? 원격으로 조정이 가능한 폭발물에는 어떻게 대응할 생각이지?"

허를 찌르는 질문.

사실 이 부분은 대한도 준비하면서 가장 막막했던 부분이긴 했다.

'작정하고 테러하는데 모든 걸 방어할 순 없으니까.'

원격조종식 급조 폭발물은 처리하려고 다가가는 순간 터뜨렸을 때 무조건 사망이었으니까.

그래서 솔직하게 대답했다.

"저도 그 부분에 있어 고민을 많이 해 봤습니다만 현실적으로 그걸 막을 수 있는 방법은 경계를 더 철저히 하는 수밖에 없다고 생각합니다."

김현식 또한 방법이 없다는 걸 알기에 실망은 하지 않았다.

대신 고개를 끄덕이며 공감해 주었다.

"경계 병력이 더 필요하겠구만."

"많으면 좋겠지만 없어도 괜찮습니다."

"없어도 된다고? 왜지?"

"경계 병력을 늘리는 것 대신 대회장 입구에 문형 탐지대를 설치할 예정입니다."

"문형 탐지대? 공항 통과할 때 지나가는 그거?"

"예, 그렇습니다."

아이디어 자체는 좋다.

근데 그걸 어디서 구해?

김현식의 물음에 대한이 입꼬리를 올리며 말했다.

"지원받았습니다."

"지원? 누구한테?"

"EHCT 차량 지원해 주신 분이 문형 탐지대도 지원해 주셨습니다."

"……엥?"

그게 무슨 소리냐는 김현식의 표정.

그러나 사실이었다.

대한은 정말로 직접 문형 탐지대를 구해 왔으니까.

대한이 말했다.

"이왕 지원해 주시는 거 시원하게 지원해 달라고 하고 받았습니다."

"허허……."

김현식이 헛웃음을 터뜨린다.

그럴 수밖에.

그 사람은 대체 뭐 하는 사람이길래 이런 부탁을, 심지어 문형 탐지대 같은 값비싼 장비도 시원하게 내어 준단 말인가?

물론 진짜 지원받은 건 아니다.

대한이 돈 주고 구해 왔을 뿐.

'대여로 끊으니까 얼마 하지도 않더만.'

이럴 때 쓰라고 있는 게 돈 아니겠나.

헛웃음을 켜던 김현식이 고개를 끄덕이며 말했다.

"넌 진짜…… 아무튼 잘했다. 솔직히 구색만 맞춰 놨을 줄 알았더니만 아주 완벽하게 준비를 해 놨구나."

"어설프게 할 거였으면 시작도 안 했을 겁니다."

"좋다. 이만하면 설명은 충분히 들은 것 같고 이제 시범을 좀 보고 싶은데…… 어디서 진행할 거냐?"

"차장님께서 직접 골라 주시면 됩니다."

"고르다니? 장소는 이미 정해진 것 아니냐?"

"시범 장소는 정해 두지 않았습니다."

대한이 김현식에게 다가가 서류철을 펼쳐 보였다.

"여기서 폭발물의 종류와 장소 다 골라 주시면 됩니다."

"내가?"

"예, 훈련은 실전처럼 해야 하니 짜고 치는 고스톱은 의미가 없지 않겠습니까. 더군다나 상대는 테러범이니 더더욱 랜덤한 상황이 필요하다고 생각합니다. 그러니 지금부턴 차장님이 테러범이십니다."

김현식이 어이없다는 눈빛으로 대한을 바라봤다.

그러나 이내 피식 웃었다.

구구절절 맞는 말이었으니.

김현식이 이내 폭발물과 장소를 선정하자 대한이 고개를 끄덕이며 말했다.

"알겠습니다. 바로 세팅하라 지시하고 시범 시작하겠습니다. 그동안 차장님께선 차에 탑승해 계시면 되겠습니다."

김현식이 자리에서 일어나자 대한이 전화를 걸어 세팅을 지시했다.

이후 박태현에게 순찰을 실시하라고 명령한 뒤 김현식의 차에 탑승했다.

"저 차 따라가시면 됩니다."

대한의 말에 김현식이 대한을 빤히 보며 말했다.

"내가 군 생활하는 동안 별걸 다 봤다고 생각했는데 이런 시범은 또 처음이다."

"별로십니까?"

"설마. 이런 게 진짜 시범이지. 말 나온 김에 다른 부대에서도 이런 식으로 시범을 진행하라고 해야겠어."

김현식은 대한이 준비한 것들을 다 보지 않았음에도 이미 마음에 든 것 같았다.

물론 다른 부대야 죽어 나가긴 하겠지만…….

'뭐, 애들 장난하는 것도 아닌데 잘 준비하면 좋은 거니까.'

✳

EHCT 차량은 가장 먼저 대회장으로 향했다.

폭발물이 설치되면 가장 큰 피해가 발생되는 곳임과 동시에 김현식이 선택한 곳이었다.

잠시 후, 대회장에 도착한 EHCT 팀은 재빠르게 대회장으로 진입했다.

대한과 김현식도 그들을 따라 이동해 경기장 중앙에서 그들의 행동을 살폈다.

그때, 김현식이 물었다.

"그나저나 설치는 누가 해 놓은 거지?"

"대회장에서 대기 중이던 지원과장이 직접 설치했습니다."

"다른 장소에도 사람을 다 배치해 놓은 거냐?"

"예, 차장님께 보여 드리는 건데 그 정도는 해 놔야 하지 않겠습니까?"

"하하, 재밌구나. 그나저나 폭발물은 어디 설치해 놓은 거냐?"

대한이 문자를 확인하고는 김현식에게 망원경을 보내며 말했다.

"5번 출입구 우측 좌석 한번 확인해 보시겠습니까?"

김현식이 망원경을 받아 들고 폭발물을 확인했다.

그리고 고개를 끄덕이고는 EHCT 팀을 주시했다.

EHCT 팀은 구석구석 놓치는 곳 없이 철저히 수색했고 이내 관객석 아래에 설치된 급조 폭발물을 발견했다.

김현식이 미소를 지으며 말했다.

"찾긴 잘 찾았는데 해결까지 잘하나 볼까?"

그가 미소를 짓는 이유.

그건 바로 그가 선택한 급조 폭발물이 까다로운 것이기 때문이다.

'타이머식만 있었다면 쉽게 처리했겠지만 전자식 신관까지 같이 골랐다. 자, 이제 어쩔 테냐.'

전자식 신관은 충격감지 센서를 내장하고 있어 좌석 아래에 붙어 있는 급조 폭발물을 떼어 내려고 하면 바로 폭발해 버리는 특징을 가지고 있다.

그러나 대한은 박태현을 바라보며 의기양양한 미소를 지었다.

"기대하셔도 좋습니다."

대한의 말이 끝나기 무섭게 박태현이 병력들을 뒤로 물렸다.

그러자 병력들은 차로 돌아가 제거에 필요한 장비들을 가지고 왔다.

김현식은 그들이 들고 온 장비들을 보며 물었다.

"저건 방패 아니냐?"

"예, 그렇습니다."

"저건 소요제기를 할 때 없었던 것 같은데?"

방패뿐만이 아니었다.

현재 EHCT 팀이 가진 물자 중 군에서 받은 건 몇 개 없었다.

있다 하더라도 모두 EHCT 팀에게 필요한 기본적인 장비들뿐이었고 나머지는 모두 대한이 직접 조달해 놓은 것이었다.

그도 그럴 것이 아직 군에서는 EHCT의 중요성을 못 느끼는 중이니까.

'폭발물로 인한 피해가 거의 없었으니까.'

그렇기에 소요제기를 하더라도 공급할 수 있는 물자가 적었다.

그래서 빡세게 준비했다.

이번 시범을 빌미로 중요성을 제대로 보여 주면 군도 뒤늦게나마 물자를 갖출 테니까.

그래서 아는 지식을 총동원해 모든 걸 구비해 둔 상태였다.

대한이 말했다.

"차량 지원을 받은 곳에서 더 필요한 거 없냐고 해서 몇 개 더 챙겨놨습니다."

"그, 그래?"

그 사람은 대체 뭘 하는 사람이길래 이런 걸 갖고 있는 거지?

그나저나 그 사람에 대한 궁금증은 둘째 치고 장비 자체가 걱정이긴 했다.

아무래도 안전과 직결된 것이 장비였으니까.

그래서 대한이 추가 설명을 덧붙였다.

"기대하셔도 좋습니다. 공룡이 밟아도 안 휘는 방패라고 했습니다."

"에이, 그런 건 다 마케팅이잖아."

"저도 그런 줄 알고 차로도 밟아보고 오함마로 두들겨 봤는데 확실히 멀쩡했습니다. 마음 같아선 공룡으로도 실험해 보고 싶었는데 공룡을 못 구해서 실험을 못 했습니다."

"오, 그래? 그럼 다행이긴 한데 그럼 방패의 질은 둘째 치고 방패를 든 병력들이 폭발의 위력을 버틸 수는 있나?"

"방패 자체가 폭발의 위력을 최대한 흘려내도록 만들어져 있긴 하지만 피해가 없진 않을 겁니다. 그래도 사지 멀쩡하게 다음 작전까지 수행할 수 있을 거라 판단됩니다."

"그래?"

"예, 그렇습니다."

김현식이 대한의 눈을 똑바로 바라봤다.

대한의 눈에는 전혀 흔들림이 없었고 이내 김현식이 고개를 끄덕였다.

"그래, 믿는다."

"믿으셔도 좋습니다. 제가 소대장으로 처음 갔을 때부터 봤던 병력들입니다. 설령 다치더라도 제가 다치지 저들을 다치게 하는 일은 만들지 않을 겁니다."

"후후, 좋은 지휘관이 되겠구나."

대한의 교과서적인 대답에 김현식이 흐뭇하게 미소를 지었다.

그로부터 잠시 후, 박태현이 병력들에게 명령 하달을 했고 병력들은 방패를 들고 천천히 폭발물로 다가갔다.

이내 폭발물에 근접해 스프레이 통 하나를 꺼냈다.

우레탄폼이었다.

의자 바로 밑에 붙어 있는 폭탄에 전색을 제대로 하기 위해 바닥을 막으려는 것.

박태현이 우레탄폼을 이용해 새로운 다리를 만들자 김현식이 흥미롭게 보며 물었다.

"저건 창틀 메꾸는 데 쓰는 거 아니냐?"

"예, 맞습니다. 가볍게 벽을 만들기에 저것만 한 게 없다 판단하여 장비로 추가해 놨습니다."

"고민을 많이 한 흔적이 보이는구나."

김현식은 전색한다는 말을 듣고 일부러 의자 밑에 붙여 두었다.

그도 그럴 것이 바닥에 위치한 폭탄이 아니라면 전색이 쉽진 않았으니까.

'괜히 중장이 아니야. 제일 까다로운 것을 골랐어.'

하지만 걱정은 없었다.

어차피 선택지 자체를 만든 게 대한이고 EHCT 팀이 못 해낼 만한 선택지는 전혀 없었으니까.

'어떻게든 성공시키려고 내가 얼마나 굴렸는데.'

박태현은 우레탄폼으로 의자 하부를 완전히 막기 전 폭탄에 줄 하나를 연결했다.

이내 의자 하부를 완전히 막고는 모래 상자를 들고와 폭탄이 붙은 의자 위에 모조리 부어 버렸다.

그리고 폭탄에 연결해 놨던 줄을 조심스럽게 잡고 천천히 거리를 벌렸다.

그렇게 안전거리를 확보한 뒤 대한에게 무전을 쳤다.

—폭파 준비 완료.

"대기."

박태현의 무전에 대한과 김현식이 폭탄을 향해 다가갔다.

폭탄이 설치된 의자에 도착한 김현식은 박태현이 세팅해 놓은 것을 자세히 살펴보았다.

그리고 박태현에게 물었다.

"박 하사, 그 줄 당기면 확실히 폭발하나?"

"예, 전자식 신관이 있는 것을 확인했고 저희가 원하는 타이밍에 터트리기 위해 충격을 줄 수 있는 줄을 연결했습니다."

"타이머도 확인했어?"

"예, 그렇습니다."

"그럼 줄을 연결할 필요가 없지 않나? 그냥 놔두면 알아서 터질 텐데?"

김현식의 기습 질문.

그러나 박태현은 자신 있게 답변했다.

"타이머에 시간이 다 줄었음에도 폭발이 일어나지 않는다면 저희가 처리하는 것에 있어 위험도가 현저히 높아집니다. 그렇기에 타이머 시간이 줄어들었음에도 폭파를 시키기 위해 줄을 연결해 놨습니다."

박태현의 대답에 김현식이 미간을 좁힌다.

그러기를 잠시 대한에게 물었다.

"박 하사가 지금 전문하사라 그랬나?"

"예, 그렇습니다."

"공병단은 병사 때부터 이런 교육을 받는 건가? 이러면 내가 테스트 할 게 없잖아?"

최고의 칭찬.

그 말에 박태현과 대한이 속으로 미소를 지었다.

사실 김현식은 박태현의 대답이 조금 부족하길 바랐다.

그래야 자신의 지식을 전수해 줄 수 있었으니까.

하지만 대한이 만든 EHCT 팀은 생각 이상으로 완벽했다.

김현식이 한쪽 입꼬리를 올리며 말했다.

"잘할 줄은 알았다만 이렇게 완벽할 줄은 몰랐군. 이 정도면 다른 건 더 볼 것도 없겠다. 얼른 정리해라."

"예, 알겠습니다!"

박태현이 우렁찬 목소리로 답한 뒤 모래와 우레탄폼을 정리하기 시작했다.

김현식은 그들이 정리하는 것을 잠시 살피고는 이내 주차장으로 이동했다.

그리고 대한에게 말했다.

"아쉽네."

"어떤 게 말씀이십니까?"

"저렇게 훈련 잘된 병력들이 조만간 전역하는 게 참 아쉬워."

아, 그쪽이었어?

난 또 뭐라고.

대한이 웃으며 답했다.

"박태현 하사가 전문하사이긴 하지만 계속 군에 남아 있긴 할 겁니다. 제가 그렇게 만들 생각입니다."

"네가?"

"예, 인재를 전역시키기엔 아깝지 않습니까. 조만간 단기로 전환시키고 장기 선발에도 될 수 있도록 신경 쓰겠습니다."

이렇게 대답한다면 김현식이 아쉬움을 거둘 줄 알았다.

하지만 김현식의 아쉬움은 박태현 쪽이 아니었다.

"박태현 하사가 전역한다고 했으면 내가 직접 찾아가서 장기 복무를 제안했을 거다. 내가 아쉬워하는 건 EHCT 팀원들이야."

"아…… 병사들 말씀하셨던 겁니까?"

"그래, 저렇게 훈련 잘된 병력들이라도 결국 사회로 돌아가잖아. 그럼 또 새로운 병력들을 교육시켜야 하는데 참 아쉬워. 전문가들이 많이 잔류해 있어야 군이 강해지는 건데……."

김현식의 말에 대한이 천천히 고개를 끄덕였다.

일리가 있었기 때문이다.

'새로운 팀원이 들어와 교육을 시킨다고 하더라도 이전 세대처럼 손발이 잘 맞을 거란 보장이 없지.'

그렇게 된다면 점점 실력이 늘기는커녕 현 상태를 유지하기에도 힘들 터.

대한 또한 박태현을 제외한 병력들이 전역한다는 것이 아쉬웠다.

잠시 생각을 하던 대한이 입을 열었다.

"차장님. 그럼 제가 팀원 전체가 스페셜리스트인 팀을 하나

만들어 보겠습니다."

"응? 어떻게?"

"전부 간부화 한번 시켜 보겠습니다."

"뭐? 크하하하!"

김현식이 웃음을 터뜨린다.

"하하, 재밌네. 듣기만 해도 좋구나."

"진심입니다."

"응?"

농담인 줄 알았나?

하지만 진심이었다.

그래서 한 번 더 말했다.

"정말입니다. 전원 간부화, 한번 진행시켜 보겠습니다."

대한의 말에 김현식의 입꼬리가 올라가기 시작했다.

"눈빛이 진심인 것 같은데…… 흠, 김 팀장이 워낙 잘해 줘서 내가 잠깐 잊고 있었는데 생각해 보니 김 팀장이 원래는 공병단 인사장교였지?"

"예, 그렇습니다. 그리고 박태현 하사도 원래는 전역하려던 걸 제가 간부로 만든 것이니 다른 병력들도 한번 만들어 보겠습니다."

김현식이 웃음을 터뜨리며 대한의 어깨를 두드려 주었다.

"하하, 좋다. 저 중 한두 명이라도 건진다면 참으로 좋을 것 같구나. 그런 의미에서 내가 도와줄 건 없나?"

당연히 도움이 필요했다.

사실 대한이 저들을 간부로 만드는 건 크게 어렵지 않았다.

아니, 자신이야 있었다.

문제는 저들을 한 부대에 같은 팀으로 데리고 있기가 어렵다는 것.

하지만 참모차장이 도와준다는데 그게 어려운 일일까?

대한은 기다렸다는 듯이 김현식에게 도와줘야 할 것들을 말하기 시작했다.

※

잠시 후, 박태현이 EHCT 팀원들을 데리고 대회장에서 나오며 말했다.

"고생하셨습니다!"

"우리가 무슨 고생을 했어? 고생은 박 하사가 다 했지. 멋진 실력 보여 줘서 고맙다."

김현식이 박태현의 옷을 정리해 주며 그를 칭찬했다.

"하사 박태현! 감사합니다!"

김현식은 자리에서 이동해 팀원들 하나하나에게 다가가 이름을 불러 주며 격려했다.

EHCT 팀원 전체가 긴장을 했으면서도 기분 좋은 미소를 흘렸다.

그도 그럴 것이 쓰리스타의 칭찬이니까.

김현식이 흐뭇한 표정으로 말했다.

"충분히 믿고 맡길 실력이란 걸 직접 눈으로 확인하니 이렇게 기분이 좋을 수가 없다. 전부 대회가 끝나는 순간 휴가 출발할 수 있도록 김 중위한테 말해 놨으니까. 남은 기간 동안 대회를 잘 부탁하마."

김현식의 말에 팀원들이 잔뜩 기대하는 얼굴로 대한을 바라보자 대한 역시 미소를 지으며 말했다.

"팀원들한테 차장님 명의의 군단장급 표창이 수여될 예정이고 훈격에 맞는 포상휴가 일수 8일에 단장 포상휴가 4일, 대대장 포상휴가 3일까지 다 해서 14박 15일짜리 휴가증 만들어 놓을 예정이다."

휴가 폭탄!

대한의 말에 모두 부들거리기 시작했다.

다들 기쁨을 참는 것이다.

마음 같아선 소리 지르며 날뛰고 싶었지만 눈앞에 쓰리스타가 있었으니까.

팀원들의 반응을 확인한 김현식이 입꼬리를 올리며 말했다.

"더 필요해?"

"아닙니다!"

"아, 그래? 더 필요하면 더 주려고 했는데. 아쉽네."

"어어?!"

즉각 반응하는 병력들.

그 모습에 대한이 피식 웃음을 터뜨렸다.

'이 양반도 초급간부 때 엄청났겠구만?'

밑에 있던 병사들이 고생 좀 했겠어.

김현식이 팀원들의 반응을 보며 얼마간 즐기던 끝에 손을 저었다.

"장난이다, 장난. 오랜만에 초급간부들이랑 병사들 보니까 옛 생각이 나서 장난 한번 쳐 봤다."

그 말에 병력들도 웃는다.

김현식의 말이 이어졌다.

"아무튼 다들 개막식 때까지 실력 녹슬게 하지 말고 개막식 때 더 발전된 모습으로 보자."

"예, 알겠습니다!"

"난 여기서 먼저 출발할 테니 다들 조심히 복귀해라."

대한이 차량 문을 열어 주었고 김현식이 차에 탑승했다.

차에 시동이 걸리고 김현식이 창문을 내리자 대한의 지휘에 맞춰 다들 일제히 경례했다.

"부대 차렷! 참모차장님께 대하여 경례! 충! 성!"

김현식은 빠르게 경례를 받아 준 뒤 차를 출발시켰다.

대한은 차가 떠나갈 때까지 그 자리에 서 있다가 차가 떠난 걸 확인한 뒤에야 몸을 돌렸다.

그러자 박태현과 팀원들이 긴장을 풀며 한숨을 내쉬었다.

"하…… 제 군 생활 중에 쓰리스타랑 이렇게 말을 많이 하게 될 줄은 몰랐습니다."

"이제 와서 엄살은, 아까 보니 잘만 하더만."

"그때는 아닌 척한 거지 그때도 엄청 긴장했습니다."

"어쨌든 차장님 앞에서 잘해 냈다는 게 중요한 거지. 안 그래?"

"그건 그렇습니다."

"다들 고생했다. 일단 짐 정리 마저 마치고 사무실로 돌아가자."

"예, 알겠습니다."

짐 정리는 순식간이었다.

팀원들이 사소한 것에 시간을 들이는 게 싫었던 대한이 장비를 간소화시키는 것은 물론 차량에 적재하는 위치까지 고정시켜 놓았다.

이내 모든 인원이 차량에 탑승했고 곧장 사무실로 복귀했다.

잠시 후, 사무실에 병력들을 쉬게 한 대한은 컴퓨터 앞에 앉아 집중하기 시작했다.

그렇게 집중하는 것도 잠시, 대한이 프린트 몇 장을 뽑은 뒤 박태현을 따로 불러 회의실로 데리고 가 물었다.

"태현아."

"예, 소대장님."

"혹시 지금 팀원들 중에 부사관 희망자 있냐?"

"전문하사 말입니까?"

"어, 있어?"

"하하, 당연히 없죠."

"하긴 그렇겠지?"

"당연히 없죠. 누가 군 생활 더 하고 싶어 하겠습니까. 그것도 전문하사를."

"넌 하잖아."

"전…… 예외입니다."

"흠, 그건 또 그렇지."

"왜 그러십니까?"

"아, 딴 게 아니고 이번에 팀 꾸려진 걸 보고 느낀 건데 나나 차장님은 그 친구들이 계속 군 생활을 했으면 싶거든."

"……예?"

"예는 무슨 예. 사실 너도 좋잖아. 너 이제 EHCT 팀 계속 맡아야 하는데 손발 잘 맞는 애들이 팀원이면 좋을 거 아냐."

대한의 물음에 박태현이 눈치를 살피던 끝에 입을 열었다.

"저야 걔네가 같이 군 생활 해 준다고 하면 좋죠. 근데 만약 한다고 하더라도 같이는 못 있지 않습니까?"

"왜? 간부로 이루어진 팀이 없어서?"

"예, 그리고 안 그래도 공병단에 간부 없다고 짬 없는 부사 관들 이리저리 끌려다니는데 현실적으로 훈련만 할 수 있게 놔

둘 것 같진 않습니다."

그 말에 대한이 씩 웃었다.

"제법 머리가 잘 돌아가네? 하지만 그런 걱정이 모두 해결 된다면?"

"……설마 묘책이라도 있으십니까?"

"내가 언제 대책 없이 일 벌이는 거 봤냐. 원래라면 내가 설 득해야 하긴 하는데 그래도 나보단 네가 말발이 좀 더 먹히지 않겠냐. 넌 병사였다가 부사관이 된 케이스니까."

"그렇긴 한데……."

"좀 부탁해도 되나? 내가 봤을 때 인생은 타이밍이라고 애 들 뽕 좀 차 있을 때 진행시켜야 될 것 같은데."

"……."

박태현이 잠시 고민하는 기색을 보이자 대한이 슬프다는 듯 이 말했다.

"하, 태현아. 난 참 슬프다. 우리 태현이 병사일 땐 말 안 해 도 알아서 빠릿빠릿했는데 어떻게 간부 됐다고 바로……."

"아, 그런 거 아닙니다. 알겠습니다. 그럼 자리 좀 비켜 주시 면 바로 면담 진행하겠습니다."

"오케이, 그래야 태현이답지. 그럼 너만 믿는다."

"……왠지 좀 말린 것 같습니다?"

"에이 설마."

대한이 박태현의 어깨를 두드리며 프린트 해 온 것들을 테이블에 올렸다.

그런 다음 회의실을 나와 팀원들을 박태현에게 보냈고 그로부터 30분 뒤, 박태현이 사무실로 들어오며 말했다.

"면담 끝났습니다."

"좀 어때?"

"소대장님 말씀대로 애들 전부 큰 휴가 받고 뽕이 좀 차 있긴 해서 반응 자체는 괜찮았습니다."

"오, 그럼 바로 지원한 거야?"

"그건 아닙니다. 반응은 괜찮은데…… 아무래도 고민할 시간을 좀 줘야 할 것 같습니다."

대한이 자리에서 일어나 박태현의 어깨를 두드리며 말했다.

"그 정도면 충분해. 애들 데리고 나가서 담배 한 대 피우고 와. 그리고 한 명씩 나한테 보내. 이제부턴 내가 할 테니까."

"아, 예. 알겠습니다."

박태현은 대한의 지시에 따라 팀원들과 함께 흡연장으로 향했다.

그사이 대한은 회의실로 이동해 면담 환경을 조성한 뒤 팀원들을 기다렸다.

그로부터 얼마 뒤, 팀원 하나가 문을 열고 들어왔다.

"충성!"

"어, 앉아."

병장 선병관.

팀원들 중 유일한 병장으로, 꼬셔야 한다면 가장 먼저 꼬셔야 하는 인원이었다.

병장만큼 쓸 만한 인재도 없으니.

대한이 씩 웃으며 물었다.

"왜 불렀는지는 대충 알지?"

"……예, 알고 있습니다."

"고민이 많을 텐데 일단 이거 한번 봐봐."

대한이 가져온 종이 한 장을 내밀었고 선병관의 시선이 그리로 옮겨졌다.

이윽고 천천히 서류를 읽어 내려가던 선병관의 눈이 휘둥그레 커졌다.

"……이게 뭡니까?"

"스포츠 뭐 좋아해?"

"저 야구 좋아합니다."

"그럼 설명하기 쉽겠네. 프로야구 보면 선수들 계약하잖아? 그 계약서랑 비슷한 거야."

대한이 준비한 종이는 단기하사 지원서였다.

하지만 그건 평범한 지원서가 아니었다.

거기에는 보통의 지원서에는 좀처럼 볼 수 없는 수많은 혜택들이 적혀 있었다.

'대학 및 교육 지원, 군 생활 내내 육본 소속, 장기 우선 선발 등등 모르는 사람이 봐도 군침 흘릴 만한 내용들뿐이지.'

물론 이걸 단순히 지원만 한다고 해서 무조건 주는 건 아니었다.

여기엔 조건이 하나 붙어 있었다.

그것은 바로 세계 최고의 EHCT 팀이 되는 것.

세계 최고.

물론 쉽지 않을 것이다.

대신 기한을 넉넉하게 넣었다.

10년.

팀원들이 부사관이 되어 수많은 교육을 받아야 할 시간을 고려한 것이다.

대한이 웃으며 말을 이었다.

"대신 군 생활을 하고 있었으니까 신인 계약이 아니라 FA 계약인 거지. 그것도 초대형 FA."

대한은 사무실에 복귀하자마자 지원서를 준비하며 병력들의 면담 정보를 확인했다.

그도 그럴 것이 꿈이 명확히 있는 인원들의 미래를 바꾸고 싶은 생각은 없었으니까.

다행히 아직 미래에 대한 고민이 많은 인원들뿐이었다.

그렇다면 상급자로서 밝은 미래를 제시해 줘야 하지 않겠나.

'특히 병관이는 대학 등록금 때문에 고민이 많다고 했지.'

눈앞에 있는 선병관은 집안 형편이 좋지 않았다.

그래서 전문하사에 대한 고민을 이미 하고 있었다.

어차피 나가면 돈 벌어야 할 거 차라리 군에 남아 최대한 지출을 아낄까 싶어서였다.

그래서인지 고민은 길지 않았다.

"여기 서명하면 됩니까?"

"고민 더 안 해 봐도 돼?"

"예, 원 소속 팀이 초대형 FA를 제안하는데 거절할 이유가 없잖습니까?"

"하하, 야구 많이 좋아하는구나? 그래, 이번 기회에 어디 한번 프랜차이즈 스타가 되어 봐라."

선병관이 웃으며 지원서에 시원하게 서명했다.

아니, 서명하기 직전 선병관이 물었다.

"인사장교님, 궁금한 게 하나 있습니다."

"뭔데?"

"혹시 이거 서명하면 다른 팀원들이랑 같이 임관하는 거 아닙니까?"

"그렇지?"

"……그럼 제가 선임이 아니라 동기가 되는 겁니까?"

"아…….."

어라, 이건 전혀 생각도 안 했는데?

하긴 여기 사인하면 군번이 새로 부여돼 선후임 관계 자체는 사라질 터.

다른 인원들은 몰라도 팀의 투고였던 선병관은 그게 좀 신경 쓰이는 것 같았다.

대한이 잠시 고민하더니 말했다.

"동시에 임관 안 하도록 할게. 짬 순으로 하루씩 차이 두면 괜찮지?"

"감사합니다."

그 말에 선병관이 씩 웃으며 사인했고 선병관이 나간 직후 대한이 미간을 매만졌다.

"하, 이렇게 되면 임관식만 일주일을 해야 하는 건가……."

골치 아팠다.

사소한 조정이야 쉽겠지만 임관식 자체는 팀의 기강을 위해 서라도 반드시 해야 하는 행사.

문제는 외부인을 초대하는 임관식을 일주일 내내 해야 하니 문제인 것.

'에라 모르겠다. 일단 한번 진행시켜 보지, 뭐.'

전원 간부화로 이루어진 팀인데 그까짓 임관식이 대수일까.

얼마 뒤, 두 번째 팀원이 들어왔고 그로부터 몇 시간 뒤, 대한은 박태현을 제외한 EHCT 팀 전원의 부사관 지원서를 손에 넣을 수 있었다.

지원서들이 묵직하다.

대한이 부사관 지원서를 들고 그대로 주차장으로 향했다.

그리고 차에 타 김현식에게 전화했다.

"충성!"

-그래. 전화하는 속도가 빠른 걸 보니 실패한 모양이구나?

김현식은 팀원들 전부를 부사관으로 만드는 건 어렵다고 생각했다.

그럴 수밖에.

그는 현재 육군 전체의 부사관 지원률을 알고 있었으니까.

'1개 중대서 1년에 한 명만 나와도 잘했다는 소리를 듣는데 전원 간부화라니…… 말도 안 돼지.'

그런데 EHCT 팀은 중대급은커녕 분대급도 되지 않는 규모.

옛날처럼 강제로 부사관 지원서를 쓰게 하지 않는 한 있을 수 없는 일이라 생각했다.

하지만 대한의 대답은 그의 예상과는 완전히 달랐다.

대한이 웃으며 말했다.

"하하, 아닙니다. 지금 막 팀원들 모두에게서 지원서를 받아 왔습니다. 그래서 육본으로 출발하기 전에 전화드린 겁니다."

-……뭐? 다 받았다고?

"예, 차장님께 허락받았던 조건들을 잘 이야기해 주니 흔쾌히 지원서에 서명했습니다."

대한의 말에 김현식의 입이 반쯤 벌어진다.

그러다 얼른 정신을 차리고는 되물었다.

-……혹시 그 조건에 세계 최고가 되어야 한다는 걸 빼먹은 거 아니냐?

"절대 아닙니다. 지원서를 보면 가장 크게 적혀 있는 내용이 그 내용인데다 두 번, 세 번 강조를 했습니다. 그러니 분명 숙지했고 다들 자신 있다고 대답하기까지 했습니다."

−하하! 자신 있다라. 다들 패기가 넘치는구만? 다들 김 팀장 닮아서 그런가?

"음, 닮아도 될 부분이 몇 없는데 그중에서도 제일 닮지 말아야 할 걸 닮은 것 같습니다."

−제일 닮지 말아야 할 것이라니. 우리 군 전체가 본받았으면 하는 부분이라 생각한다. 군인다운 게 뭐야? 자신감은 기본이고 패기가 넘쳐야지. 안 그래?

대한도 공감하는 바이긴 했다.

군인으로서는 그렇게 살아야 하는 게 맞다.

하지만 그렇게 살면 피곤했다.

'뭘 시켜도 하게 된단 말이지.'

대한이 손에 든 부사관 지원서를 훑어보며 피식 웃었다.

"그럼 군인다운 군인들 말뚝 박으러 바로 출발해 보겠습니다."

−오냐. 아참, 위병소에 도착하면 내 이름 대고 나한테 전화하라고 그래.

"예, 알겠습니다. 충성!"

−조심히 오거라.

대한은 그대로 전화를 끊고 주차장을 빠르게 빠져나왔다.

그로부터 2시간 뒤, 육군본부에 도착한 대한은 김현식에게 전화할 필요도 없었다.

이미 부관이 알아서 대한의 출입 신청을 마쳐 놓았고 신원 확인만을 한 채 육군본부 내부로 들어갔다.

'군 생활 중에 육본은 또 처음이네.'

전생에는 육군본부에 올 일이 없었다.

올 계급도 안 되었을뿐더러 아무도 불러 주는 사람이 없었 으니까.

옛날엔 계급이 안 돼서 못 오는 거라 생각했다.

하지만 지금 당당하게 자차를 끌고 들어가고 있는 걸 보니 계급은 아무 상관없는 것 같았다.

그래서 기분이 참 좋았다.

그만큼 내가 잘하고 있다는 뜻일 테니.

잠시 후, 이정표를 따라 김현식이 있는 건물을 찾아 주차를 했다.

그리고 차에서 내려 김현식에게 전화했다.

"충성! 앞에 도착했습니다."

―……어, 도착했나?

"예, 바로 올라가면 되겠습니까?"

―후, 아니다. 올라오지 말고 네가 인사참모부장 찾아가서 직접 제출하고 오거라.

갑자기?

무슨 일 있나?

대한의 고개가 기울어진다.

물론 인사참모부장을 만나는 게 부담되는 건 아니다.

쓰리스타도 만난 마당에 이젠 더 놀랄 사람도 없을 테니.

다만 뜸 들이는 김현식의 반응이 조금 거슬렸다.

대한이 잠시 고민하고는 물었다.

"혹시 거절 당하셨습니까?"

−흠흠…… 너라면 분명 해낼 수 있을 거다.

아, 왜? 언제는 본인만 믿으라며?

대한이 조용히 한숨을 삼켰다.

"알겠습니다. 한번 해 보겠습니다."

−시간 비워 놓는다고 했으니까 바로 찾아가 보면 될 거고 부관 내려 보내 줄 테니 조금만 기다리거라.

"예, 알겠습니다."

−그리고…….

"예, 차장님."

−미안하다. 큰소리 쳐 놨는데 일이 이렇게 돼서.

그 말에 대한이 피식 웃었다.

"아닙니다. 아직 일을 그르친 것도 아니지 않습니까."

대한의 말에 이번엔 김현식이 피식 웃었다.

−그래, 너만 믿으마.

잠시 후, 김현식의 부관이 주차장으로 내려왔다.

대한은 그의 안내를 따라 인사참모부장을 만나기 위해 이동했고 몇 분 뒤, 그의 사무실 앞에 도착했다.

부관이 대한에게 말했다.

"아마 서류 보고 계실 테니까 노크한 뒤에 대답 듣지 말고 그냥 들어가면 된다."

"그냥 열어도 됩니까?"

"어, 대답한다고 집중력 흐트러지는 걸 굉장히 싫어하시거든."

"……그건 누가 들어가도 흐트러지지 않습니까?"

"몰라, 대답하기 귀찮으신가 봐. 그나저나 조심해라. 그분은 차장님이랑 느낌이 좀 많이 다른 분이니까."

"알겠습니다. 감사합니다."

"아, 그리고 그 EHCT 팀 계획은 참 괜찮은 계획인 것 같다. 꼭 통과 받아라."

부관이 대한의 어깨를 토닥여 주며 응원했다.

대한이 미소로 대답을 대신하고는 마지막으로 복장 점검을 한 뒤 이내 문을 두드리고는 문을 열었다.

그리고 큰 목소리로 경례했다.

"충! 성!"

소장 하현호.

김현식의 부관이 괜히 주의 사항을 말해 준 게 아닌 것 같았다.

그는 보고 있던 서류에서 눈을 떼지 않은 채 고개를 끄덕였다.

그리고 손가락으로 소파를 가리켰다.

이에 대한은 손을 내리고 소파로 이동했다.

이젠 장군들이 편해졌다 생각했지만 막상 이렇게 장군의 집무실에 오면 없던 긴장도 생긴다.

그렇게 기다리는 것도 몇 분.

슬슬 불만이 올라오기 시작했다.

'뭐 죄 지은 것도 아니고 왜 이런 취급이야?'

분명 김현식이 시간을 비워 놓으라고 했다고 기억하는데?

대한은 그에게 가서 다시 한번 일정을 물어보려다 그냥 기다리기로 했다.

그로부터 이십여 분 뒤, 그제서야 그가 고개를 들고 대한을 찾았다.

"어이."

"중위 김대한."

대한이 고개를 바로 들고 대답했다.

"네가 지금 무슨 짓을 하고 있는지 알고 있어?"

내가 뭔 짓을 했는데?

대한이 당당하게 말했다.

"능력 있는 병사들을 군에 남기려고 노력하는 중입니다."

"하……."

하현호가 깊은 한숨을 내쉬고는 신경질적으로 서류를 정리했다.

"그래, 의도야 좋다 이거야. 근데 네 머릿속에 있는 이야기를 필터도 안 거치고 이야기하면 어떻게 해?"

그런 적 없는데.

대한은 대답 대신 가만히 앉아 정면을 응시했다.

그러자 하현호도 그제서야 자리에서 일어나 소파로 이동했고 대한이 가지고 온 부사관 지원서들을 살폈다.

"단기 하사 지원서를 긴급으로 처리한 역사가 있다고 생각해?"

"과거에 있었는지는 모르겠습니다."

"근데 왜 그런 소리를 해서 차장님을 홀려?"

"과거에 선례가 있든 없든 상관이 없다고 생각했습니다."

"……뭐?"

"군이 급변하는 현 상황에서 충원 방식 또한 변해야 할 시기라고 판단했습니다."

대한은 하현호의 목적을 확실히 파악했다.

그는 대한을 혼내기 위해서 부른 것 같았다.

그와 동시에 부사관 지원서를 취소하고 싶겠지.

대충 왜 그런지는 알 것 같았다.

'귀찮겠지.'

수시로 각 부대에 필요 인력들을 파악해서 충원 계획을 세운다.

이때, 영관급 이상의 계급에서는 충원 계획이 따로 필요하진 않았다.

조직 자체가 피라미드 구조였기에 밑에서 끌어올리기는 어렵지 않았으니까.

문제는 피라미드의 제일 하층.

군에서 창끝 전투력이라 불리는 초급간부들.

대한이 여러 명의 부사관 지원서를 받아 온 것까진 좋았다.

그런데 당장 처리해야 하는 사항이니 문제인 것이다.

이미 올해 충원 계획을 다 완성해 놨을 것이다.

이런 상황에 갑자기 부사관을 늘린다?

그것도 보병도 아닌 공병의 인원이었다.

다른 병과의 충원 인력들을 줄여야 하는 상황인 것.

대한은 이런 사실을 알았지만 모르는 척 했다.

'알고 있다고 하면 또 뭐라고 하겠지.'

그래서일까?

하현호는 대한의 말에 놀라는 것도 잠시 이내 대한을 빤히 쳐다보며 말했다.

"어이, 김 중위."

"중위 김대한!"

"내가 차장님 부탁도 무시하고 일개 중위를 직접 내 집무실까지 불렀어. 그게 무슨 뜻인지 모르나?"

대한은 대답 대신 이번에도 정면을 쳐다보았다.

그 모습에 하현호가 한숨을 쉬며 말했다.

"하, 반론을 듣기 위해 여기까지 부른 게 아니란 소리다."

대한은 잠시 침묵한 끝에 시선을 하현호에게로 옮기며 대답했다.

"저에게 직접 설명을 들을 필요가 있다 판단하셔서 부르신 줄 알았습니다."

"설명들을 필요도 없다. 나중에 네가 내 자리까지 올라오면 그때 해."

소장까지?

아니, 남은 기간이 문제가 아니잖아.

'거기까지 올려 줄 거야?'

그리고 올라가는 건 둘째 치고 그때 하면 무슨 의미가 있겠나.

지금부터 준비를 잘해서 전력을 올려놔도 모자랄 판에.

하현호가 말을 이었다.

"차장님이 직접 와서 말하시길래 일단 하는 척하긴 했다만…… 네가 차장님께 직접 말해라. 잘못 생각한 것 같다고."

하현호는 애초에 설명을 들을 생각도 없었던 것 같았다.

근데 참 이상했다.

'근데 김현식 이 양반 쓰리스타 아니었어?'

둘 다 높은 양반들이긴 하지만 그래도 군대가 계급 체계가 확실한 조직인데.

게다가 김현식이 직접 말했다면 하현호가 그냥 해야 하는 입장 아닌가?

'서로 계급이 높으니 존중을 많이 해 주는가 보네.'

그러니 김현식도 대한을 직접 보낸 것이겠지.

그렇다면 대한이 취해야 할 포지션은 하나뿐이었다.

'부탁까지 받고 온 마당에 여기서 물러날 순 없지.'

장군 운전병은 병 계급이 아니라 모시는 장군 계급 따라간 다고 그랬다.

그러니 이곳에서의 대한은 김현식의 대리인인 셈.

대한이 자세를 고쳐 잡으며 입을 열었다.

"인적자원 개발과 획득에 있어서 거절할 이유가 없다고 생각합니다. 차장님께서도 그렇게 생각하시니 직접 부탁까지 한 것 아니겠습니까."

"정상적인 루트로 가지고 온다면 당연히 거절하지 않았겠지."

하현호가 테이블에 부사관 지원서를 내려놓고 지원서에 적혀 있는 조건들을 가리키며 말했다.

"그리고 이 조건들. 말이 된다고 생각하는 거냐? 이건 완전 특혜 수준이야."

흠, 특혜라.

이때까지 자잘하게 이것저것 많이 봐줬을 거면서 대놓고 하니까 찝찝한가?

뭐 그럴 수도 있다.

하지만 대한의 기준에서 이건 절대 특혜가 아니라고 생각했다.

'나도 다 생각을 했다고.'

새롭게 시작한 군 생활을 망치고 싶은 생각은 없다.

그렇기에 대한은 침착하게 본인의 생각을 말하기 시작했다.

"전 이 상황과 조건들이 절대 특혜라고 생각하지 않습니다."

"부사관 경쟁률을 알고나 하는 소리야? 너 인사장교라며?"

"예, 당연히 알고 있습니다."

"아는 놈이 그딴 소리를 한다고? 하, 차장님이 말 통할 것 같다고 하시더니만 그걸 믿은 내가 등신이지. 중위랑 무슨 이야기를 한다고…… 그냥 나가라. 내가 알아서 처리할 테니."

아니.

말할 타이밍은 좀 줘라.

대한이 조용히 한숨을 삼키며 말했다.

"부장님, 그 많은 부사관 지원자들 중에 EHCT 팀에 지원할 사람이 있다고 생각하십니까?"

"뭐?"

"EHCT 팀에 들어가게 된다면 최고의 청춘을 보내야 할 시기에 매일 상황 대기는 기본이고 출동을 하게 된다면 폭발물을 눈앞에 둬야 합니다. 평시가 곧 전시입니다."

하현호가 미간을 찌푸리며 말을 받아쳤다.

"군인들이 입는 전투복이 수의인 걸 모르는 군인도 있나? 다들 그렇게 군 생활하고 있는데 이게 뭐 대단한 거라고 그런 소리를 하는 거야? 네가 한 그 말은 지금 최전방에서 고생하는 장병들을 무시하는 발언이야, 알아?"

"부장님. 그럼 그 같이 고생하는 장병들에게 여쭤봐 주십쇼. 그중에서 혹시 EHCT 팀에 들어오고 싶어 하는 사람이 있는지."

"뭐?"

"만약 EHCT 팀에 지원할 병력들이 있다면 저도 바로 포기하겠습니다."

"진심이냐?"

"예, 대신 EHCT 팀이 감수해야 할 점들은 제가 직접 말해 주겠습니다. 겁주기 위해서 부풀리지 않겠습니다. 그러니 만약 그걸 듣고도 지원한다면 부장님 말씀대로 여기 있는 부사관 지원서들 모두 깔끔하게 찢겠습니다."

이것도 안 통하고 저것도 안 통한다.

그럼 남은 건 정공법뿐이지.

말을 하는 대한의 눈에 이채가 돌기 시작한다.

다음 권으로 이어집니다

꿈의 도약, 로크에서 하십시오
(주)로크미디어에서 신인 작가를 모십니다

즐거운 세상, 로크미디어는 꿈을 사랑하고 도전을 두려워하지 않는 작가 분들의 참신한 작품을 기다리고 있습니다. 21세기 장르 문학계를 이끌어 갈 차세대 선두 주자 (주)로크미디어에서 여러분의 나래를 활짝 펴 보시길 바랍니다.

모집 분야 판타지와 무협을 포함한 장르 문학
모집 대상 아마추어 작가, 인터넷 작가
모집 기한 수시 모집
   작품 접수 시 유의 사항
    1. 파일명은 작가명_작품명.hwp형식을 갖춰 주십시오.
    1. 파일에 들어갈 내용은 다음과 같습니다.
      − 성명(필명인 경우 실명을 밝혀 주세요), 연락처, 이메일 주소
      − 제목, 기획 의도
      − A4용지 1장 분량의 등장인물 소개
      − A4용지 2장 분량의 전체 줄거리
      − 본문
    1. 작품이 인터넷에 연재되고 있다면, 게시판명과 사이트의 구체적이고 정확한 주소를 기재해 주십시오.

선택된 작품은 정식 계약 후 출판물로 간행되어 전국 서점에 유통됩니다.
작가 분은 (주)로크미디어의 전폭적인 지원하에 전속 작가로 활동하시게 됩니다.
※ 자세한 내용은 로크미디어 홈페이지(rokmedia.com)를 참조하세요.

(04167)서울시 마포구 마포대로 45 일진빌딩 6층
(주)로크미디어 편집부 신간 기획 담당자 앞
전화 : 02) 3273-5135
www.rokmedia.com   이메일 : rokmedia@empas.com